富士見二丁目交響楽団 上

僕は圭の隣に腰を下ろして、
肩を丸めて座っている圭の背中に腕をまわした。
着たきりすずめの汗臭さに混じって、
ブルガリのコロンの残り香がかすかに匂う。

富士見二丁目交響楽団　上

—富士見二丁目交響楽団シリーズ 第7部—

秋月こお

17520

角川ルビー文庫

目次

富士見二丁目交響楽団シリーズ
登場人物紹介

守村悠季

バイオリニスト。圭の恋人。

富士見市民交響楽団(通称フジミ)のコンサート・マスター。極度の内気で、深い人付き合いも積極的な自己表現も苦手。圭によって秘めた才能が引き出され、今や世界を舞台にする奏者に。

桐ノ院 圭

天才指揮者。悠季の恋人。

192の長身、バリトンの美声を備えた威風堂々の美丈夫。由緒ある桐院家嫡男、富士見銀行頭取の息子でありながら、ゲイ宣言をして家を飛び出す。常にポーカーフェイスだが、悠季にはメロメロ。

Taketo Igarashi

五十嵐健人

フジミ団員、チェリスト。悠季の母校・邦立音大の後輩。

明朗快活で物怖じしない、フジミのムードメーカー。

M響試用契約楽員として修行の真っ最中。

Hiroshi Iida

飯田 弘

M響のチェリスト。フジミではパートリーダー兼指導員。圭の理想に共鳴してM響から引き抜かれた11人の隊長格。

人心の裏読みに長ける毒舌家、その実一段オトナな人情家。

Natsuko Kawashima

川島奈津子

フジミ団員、フルート奏者。切れ味鋭い気丈な美人。

当初は悠季に思われ、圭に玉砕した過去を持つが、以来、圭と悠季の事情を知る良きオブザーバーに。

Kunimitsu Ishida

石田国光

フジミの世話人兼事務長。コントラバス奏者。通称ニコちゃん。

本業はメンバーのたまり場でもある喫茶「モーツァルト」のマスター。

フジミを支える盤石の大黒柱。

Sora Yasokawa

八十川空也
（現在は生島空也）

絶対音感を持つ天才ホルン奏者。施設を脱走して放浪していたところを高嶺に拾われ、恋人の仲になる。悠季を母のように慕っている。現在は高嶺と共にNYで活躍中。

Takane Ikushima

生島高嶺

天才ピアニスト。圭の悪友でライバル。豪放磊落な性格でレスラー体型。

以前、圭のマンションに住み着き、ソラと同棲していた。現在はNYを拠点に活躍中。

David Sorenberg

ディビッド・セレンバーグ

圭も所属する世界最大のエージェント「サムソン」副社長。グループ総帥"妖婆ミランダ"の末息子。40がらみのダンディー。ゲイ。圭に目をつけている。

Emilio Rosmatti

エミリオ・ロスマッティ

「パガニーニの再来」と呼ばれるバイオリンの巨匠。ローマ在住。

悠季を内弟子として2年間預かり、公私ともに愛情たっぷりに指導する。福山先生の友人。

福山正夫 Masao Fukuyama

邦立音大助教授（のち教授）。厳しくて頑固な悠季の恩師。ロン・チボー入賞。悠季をエミリオ・ロスマッティの元へ預けた後、邦立音大講師に招く。

桐院小夜子 Sayoko Tounoin

圭の腹違いの妹。圭によく似たカリスマ性のある華やかな美女。悠季に本気でアプローチするが、玉砕。史上初の女性頭取を目指し、ハーバード大学に留学中。

口絵・本文イラスト／後藤　星

富士見二丁目交響楽団　上

青天の霹靂《へきれき》――晴れた青空に突然、雷鳴がとどろく……という成句が、まさにぴったりの事態だった。

そして、それが僕らにもたらすものは、単なる嵐などでは済まない、天変地異といったレベルの災禍に違いなかった。

僕の相思相愛のパートナー桐ノ院《とうのいん》圭《けい》が、少年に対する性犯罪の容疑でニューヨーク市警察に逮捕されるという、あり得ない冤罪《えんざい》。

圭に同行していたマネージャーの宅島《たくしま》くんからの、耳を疑う第一報が飛び込んできたとき、僕は富士見三丁目の僕らの家で、明日に控えた東京フィルハーモニーとの共演のために、《ブラ・コン》のソロパートのブラッシュアップをやっていた。

僕は守村悠季《もりむらゆうき》、来月二十九歳になるバイオリニストである。昨秋のロン・ティボー国際音楽コンクール・バイオリン部門でまさかの優勝をし、長年の夢だったソリストの道を歩み始めたところ。

世間的には同性愛と眉《まゆ》をひそめられる愛情を分かち合い、この古めかしくて住み心地のいい家で結婚生活をともにしている桐ノ院圭との出会いは、六年前にさかのぼる。

僕がコンサート・マスターを務めていたアマチュア・オーケストラ『富士見市民交響楽団』（またの名を富士見二丁目交響楽団、通称はフジミ）に、圭が常任指揮者としてやって来たのが、すべての始まりだった。

当時、彼は二十二歳。二月生まれの僕より半年だけ年下で、学年は一つ下になる彼は、二十八歳のいま、国際的に活躍している日本人指揮者の一人として知られ、国内でも、指折りのプロ・オーケストラであるMHK交響楽団の常任指揮者を務めている。

得意な演目はベートーベンの交響曲で、とくに《第七》と《第五》では他の追随を許さない。またどの作曲家の曲を振らせても、緻密《ちみつ》な研究と豊かな感性と天才的な表現力、そしてカリスマ性たっぷりなオケ掌握術で、かならず聴衆をうならせる名演奏を聴かせてみせる。

二十世紀最後の大型天才指揮者として、世界中に多くの熱烈なファンがいるケイ・トウノイン……だが、そんな彼の名声は、いまや風前の灯《ともしび》だ。

タチの悪い冤罪である。

彼を社会的に葬ろうという汚い陰謀の罠《わな》である。

ぜったいに阻止しなければならない。

すでに宅島マネージャーと彼の手勢が動いている。僕も、やれることは全部やる。

敵は、クラシック興行界では世界最大のシェアを持つ、サムソン・ミュージック・エージェンシー（SME）という大会社ではあるけれど。そのバックには、サムソン・レコーズほかの系列会社を抱える一大芸能財閥サムソングループを束ねる、『妖婆《ようば》ミランダ』の影もちらついているのだけれど。

僕は負けない。負けるわけにはいかない。

ぜったいに闘い抜いて、圭の名誉をきっちり回復してみせる。

何をどうすればいいのかは、これから考えることではあるけれど……


宅島くんのニューヨーク発の第一報を受けてから二時間半後、僕はフジミの代表世話人であるニコちゃんに会うために、喫茶店『モーツァルト』のドアを押した。

カランカランと耳に慣れたカウベルの音が来客を告げ、カウンターにいたニコちゃんが顔を上げて、ニコニコッと笑った。

「いらっしゃい。明日はいよいよ東フィルとのブラームスを聴かせてもらえるねェ」

それから何か気づいたように僕の顔を見直し、心配そうな笑顔になった。

「やっぱり緊張する？　息抜きにはコーヒーが効くけど、カフェオレにしようか？」

ニコちゃんは僕の胃袋事情を知ってる。でも、ちょっとしたプレッシャーで待ってましたとばかりにキリキリし始める僕の胃弱は、いまのところまるで気配もない。それどころじゃないって、体も感じてるんだろうか。

なんてことをちらちらっと考えながら、カウンター席のスツールに腰を下ろした。テーブル席を見渡して、さいわい僕以外にはお客がいないのを確かめてから、声を落として言った。

「コンサートどころじゃない事件が持ち上がりまして」

そう前置きして話し出そうとしたけど、ニコちゃんの顔つきに、

「いえ、ちゃんと出演はします」

とつけくわえた。

「けっして演奏活動に穴を空けたりはしないでくれと、圭からも言われてますから」

「う、うん、そう」

目つきを真剣なものに変えながら、ニコちゃんはうなずいた。

「それで、何があったの？」

「サムソンです」

僕は吐き捨てる気持ちで言い、どこから説明したものか迷いながら、ともかく話し始めた。

「さきほどニューヨークから電話がありまして、マネージャーの宅島くんからです。公演直後に圭が逮捕されたって報《しら》せで」

「た、逮捕!?　なんでまた！」

ニコちゃんは目を真ん丸くし、

「冤罪って言うか、罠です。圭が少年と性行為をしたなんてこと、あり得ませんから」

という僕の説明に、

「しょ、少年!?」

と、さらに目を真ん丸くした。

「はっきり言っちゃいますと、圭は、性犯罪を犯したゲイの小児性愛者として告発された、ってことだと思います。向こうは真夜中なんで、宅島くんもまだくわしい告訴の内容は知らないそうですけど。弁護士が来るのを待ってるところだとかって」

「そ、そ、それって大変なことじゃないの!?」

「ええ、たぶん。マスコミが早々に取り上げてしまうかもしれないんで、とりあえずお知らせとお願いに来ました。

圭はぜったいやってません！　嫌がらせの濡《ぬ》れ衣《ぎぬ》です！　それをフジミの皆さんに」

まで言ったところで、カランカランとドアベルが鳴った。入ってきたのはこの店の常連さんのご老人。

「あ、い、いらっしゃいませェ」

さすがのニコちゃんが笑顔も声もこわばってる。

「いつものね」

常連さんは言って、マガジン・ラックから新聞を取るとテーブル席へと歩いて行き、僕はヒソヒソと話の残りを片づけた。

「僕はいまから圭の実家と、僕の恩師のところへ話しに行ってきます。何かあったら携帯のほうへ連絡をください。もしかすると、あの家は当分出ておくことになるかもしれないんで」

「ああ、そうね、パパラッチとかね。でも守村ちゃん、一人でだいじょうぶ？　よくわからないけど、ボディガードとかつけたほうがよくない？」

「います。外で待っててくれてるんですけど、サバイバルに強そうな有能マネージャーがつきまして。井上《いのうえ》さんって人なんで覚えといてください。宅島くんとは会ってますよね？　彼の婚約者です」

「え、女性なの？」

「空手三段、テコンドー二段、東大法科出で五ヶ国語ぺらぺら、アフリカとか中東、ペルーとかのツアーガイドをやってたっていう、映画のキャラクターみたいなスーパーウーマンです」

「それは頼もしそうね」

やっとニコちゃんらしい笑顔が戻ったけど、目の色は硬かった。

ＯＫだ、この人は圭の危機を理解してくれた。フジミのことは任せてだいじょうぶだ。

あ、でも……

「ええと、皆さんに話していただくことになったようなときですけど、僕は覚悟は決めてますから。ええとつまり、必要ならば僕と圭の関係をカミングアウトする覚悟を」

「あ、うん」

ニコちゃんは驚きもあわてもしないようすでうなずいた。

「フジミの皆さんには『桐ノ院くんの潔白を信じましょう』って言えばいいだけのことで、プライベートまで明かす必要はないとは思うけどね。ボクらから見たって、桐ノ院くんが浮気《うわき》するなんてあり得ないもの」

ボクらっていうのは、この石田《いしだ》ニコちゃんのほか、川島《かわしま》さん、五十嵐《いがらし》くん、春山《はるやま》さんの『僕らの仲を知ってる組』のことだ。知っちゃってる女子大生たちも信じてくれるよな？　うん、そう信じよう。

「あはっ、ええ、ほんとに」

それじゃと立ち上がりながら財布を出しかけて、コーヒーは頼まなかったのを思い出した。

「明日《あした》のコンサート、しっかりね」

「はい。たとえ今晩は腹が立って眠れなくても、きっと僕の全力でのブラームスを聴いていただきますので」

「うんうん、守村ちゃんがそうやってしっかり踏ん張ってることが、きっとすごく大事よ。ボクもやれることはがんばるから、何かあったら遠慮なく相談してね」

「ありがとうございます。心強いです」

頭を下げてドアへと向かった。カランカランとドアをあけたところで呼び止められた。

「番号！　携帯の番号、聞いてなかった」

「あ、すみません。メモ用紙ありますか？」

「ちょっと待ってね〜〜、オッケ。どうぞ」

僕は、自分の番号と、念のために井上マネージャーの番号も教えて、店を出た。

寒風に首をすくめながら店の外で待っていてくれた井上さんは、

「どうも」

と合流した僕に、赤くした鼻をすすりながら言った。

「敵影なし」

思わずプッと吹いたのは、ちょっと空元気だったかもしれない。

「パパラッチの見張り、ご苦労様でした」

と敬礼のまねを返して、車を置いてきた駐車場に向かって歩き出した。

明るいベージュのパンツスーツをかっこよく着こなしている井上さんは、もちろん運転もできる。聞いてみれば、自転車やバイクや、馬とかラクダとかにも乗れるって言いそうだ。

圭が自家用車を持っていたおかげで、移動がらくだ。バイオリンケース二つと、燕尾服《えんびふく》やら一週間分の着替えや楽譜を詰め込んだスーツケースは、車に積んである。

駅近くの立体駐車場に戻ると、井上さんの運転で成城《せいじょう》に向かった。圭の実家のお母さんに話を通しに行くんだ。

「あー、都内はちょっと混んでますねェ」

ラジオの渋滞情報を聞いていたらしい井上さんが、チッと舌打ちして言った。

「東京フィルとの練習、昨日おとといでラッキーでしたね」

「あは、ほんとだ」

向こうのつごうで（くわしくは知らない）コンサート前日の今日は練習がなく、明日の午後からリハーサルで夜には本番という変則スケジュールに不安もあったのだけれど、こうなってみると神様が味方してくれているような好都合だった。

「人間万事塞翁《さいおう》が馬、って感じですね」

僕が言うと、井上さんもうなずいた。

「問題は、今夜のお宿です。楽器ＯＫの賃貸マンションを探してますが、もしかするとホテルにお泊まりいただくかもしれません」

「寝るのなんかどこでもいいですけど、弾ける場所も確保していただけますか？　貸しスタジオとか」

「もちろん練習できるお部屋を取ります」

「え、そりゃ高いでしょう」

「値段は問題ではないと思いますよ、この際」

「まあ、そうですけどね」

僕の経済力はロン・ティボーでもらった賞金の範囲内だと、言っといたほうがいいだろうな。

しかし打ち明けてみたら、井上さんはそうした経済事情にも明るかったらしく、

「会社の経費で落としますから」

と、スパッと返された。

「でも有限会社っていっても、『T&Tカンパニー』の稼ぎって、まだそんなにないでしょう?」

圭と宅島くんが去年の秋に設立したというマネージメント会社は、二人が共同出資して作ったそうで、資本金とかくわしいことは聞いてないけど、ようは零細企業ってやつだろう。

「あら、ボスはけっこう稼いでますよ?」

井上さんは可笑《おか》しそうに言ったが、僕にはハテナだ。だって、圭の稼ぎがT&Tカンパニーの売り上げになるわけじゃなかろうに。

ちなみにT&Tカンパニーの社長は宅島くんなんだけど、彼も井上さんも、圭のことを『ボス』と呼ぶ。

「圭のギャラは知ってますけど」

答えた僕に、井上さんは右折のチャンスを待って対向レーンの車の流れを見張りながら言った。

「仕組みはご存じない?」

「ええと、なんの?」

「Tカンのです。ボスは出資者であり、所属タレントでもある、とか」

「あー、いえ、ぜんぜん」

おっと、対向レーンがあいた。

井上さんは危なげのない運転で右折の交差点横断を済ませると、アクセルを踏み込みながら話の続きに戻った。

「サムソン・エージェンシーとの契約を、ボス個人のからTカンとの契約に変更しようとした件は、向こうがOKしなくて流れたそうですけど。つまりTカンという法人をサムソンとのあいだに入れ込んで、まあ防波堤を作ろうとしたんですが、それは失敗。でもさいわいサムソンとは専属契約ではないので、ボスが独立事務所を持つのは可能だったわけです」

「はあ……」

「Tカンへのボスの出資条件は、ギャラの半額。ボスが稼げばTカンの資産になるわけで、守村さんの緊急避難代ぐらいは充分まかなえるだけの資力があります」

「ふうん」

「守村さんの契約では、マネージメント手数料としてギャラの二割がTカンに入ります」

「ああ、はい、それは聞いた」

「養っていただいております」

と頭を下げるジェスチャーをされて、

「あっは！」

と笑った。

「それは嘘だァ。僕はまだノーギャラの演奏ばかりで、稼げてませんよ」

「では、これからお世話になります」

井上さんは、僕を笑わせて元気づけようとしてた。だいじょうぶです、顔色が悪いなら、それは怒ってるからで、落ち込んでなんかいません。泣きもしません。

「あ、じゃァ裁判費用とかも問題ないのかな？　金策が必要なら、成城のお母さんかお祖父《じい》さんに相談しますけど。僕の実家のほうは、田んぼでも売らないとお金はないから」

「勝ちますからね」

井上さんは決め込んでる顔で言った。

「裁判に行く前に起訴を棄却させる方向で行くと思いますけど、もし逮捕の件が一行でも一秒でもマスコミに出たら、名誉毀損《きそん》の損害賠償で逆ネジをかけに行きますよ、宅ちゃんは」

「賛成です。僕が証人になれるんなら、何だって証言しますから言ってください」

「ボスがうんとは言いませんよ」

「弁護士さんってどんな人ですか？」

「私はまだ会ってないので、わかりません。優秀な人を捕まえてある、とは言ってましたが」

「アメリカ人ですよね？」

「だと思いますけど、知りません」

「偏見のない人だといいなァ、カラードやゲイへの」
「そこは踏まえて人選したはずですよ」
井上さんは自信ありげに言ったが……
車内から福山《ふくやま》先生のお宅に電話した。奥様がいてくださったので、至急お会いしたい旨を申し上げ、先生のスケジュールをお尋ねした。
《今夜は会議で遅くなるって言ってたわ。ええ、授業も全コマ入ってる日だし》
「会議は何時からかご存じですか？　その前に二、三十分でもお時間をいただければありがたいんですが」
《おなかがすいてると機嫌が悪いわよ？》
「あ〜〜〜〜……それはありがたくないですね。じつはいい話ではありませんで」
《でしょうねェ。明日《あした》のコンサートに関係することなら》
「あ、いえ、僕のことじゃないんで」
《でも演奏に影響しそうな心配事なんでしょう？》
「いえ、それはだいじょうぶです。ではまた改めますので」
《電話があったことは伝えておくわね》
「ありがとうございます。失礼します」
電話を切って、ため息が出た。先生になんとお話ししたものか、まだ考えをまとめきれていなくて、時間の猶予ができたことを喜んでる自分に対してだ。

成城の閑静な住宅地に、広々とした敷地を占めている桐院《とういん》家は、知らない人が見たら何かの記念館だと思いそうな、明治時代のりっぱな石造りの洋館である。

鉄製の高いフェンスに囲まれたお屋敷の、門の前に車を止めてもらって、インターホンを押しに行った。

《どちら様でしょうか》

と応答してきたのは、執事の伊沢《いざわ》さんの声。

「こんにちは、守村です」

《お待ちしておりました》

「車で来てますので、門をあけていただけますか」

《ただいままいります》

ここの門は手動なんだ。

すぐに玄関から出て来た伊沢さんが、急ぎ足でやって来て門をあけてくれた。

「お待たせいたしました。お車は玄関前におつけいただいてけっこうですので」

「お世話様です」

運転手を務める井上さんが、会釈を送って車を発進させた。

石段つきのポーチになってる玄関前に乗りつけると、井上さんはエンジンを止めてキイを抜き、僕と一緒に降り立った。門扉《もんぴ》を閉めた伊沢さんが戻って来るのを待って、キイを差し出した。

「桐ノ院さんの車をお借りしてきましたので」

井上さんが断るまでもなく、伊沢さんには圭の車だとわかってるはずだけど、

「お預かりいたします」

とだけ言って、慇懃《いんぎん》にキイを受け取った。執事はよけいなことは言わないのだ。

「僕の荷物を積んでますので、あとで出させてください」

「かしこまりました」

あっと、井上さんの紹介がいるかな。顔見知りじゃなさそうだ。

「伊沢さん、こちらは僕のマネージャーの井上さんです。ええと、圭と宅島くんが作ったT&Tカンパニーの」

「井上元《もと》と申します。よろしくお見知りおきください」

井上さんが差し出した名刺を、伊沢さんは丁重なしぐさで受け取った。

「当家の執事を務めております伊沢と申します。奥様がお待ちですので、どうぞお入りください」

あけてくれたドアを通って玄関に入り、造りは洋館だけど靴を脱いで上がる方式の靴脱ぎで

スリッパに履き替えて、伊沢さんに続いた。

通されたのは応接間で、圭のお母さんはソファから立ち上がって迎えてくれた。この人も息子と同じくポーカーフェイスの名手らしい。圭のことで至急お会いしたいとだけ言った僕の電話に、いろいろ心配を掻《か》き立てられただろうに、いつもどおりのおっとりと落ち着いた表情だ。

「すみません、電話ではくわしいことを申し上げられなくて」

あいさつもそこそこに切り出した僕を、

「座りましょう」

とおだやかにたしなめて、自分から先に腰を下ろした。

ええ、ショックなニュースなんで座ってくださったほうが安心ですけど、ああ、まず、僕が落ち着け！

「あ、ええと、ご紹介が先ですね。こちらは十二月から僕のマネージャーについてもらっている井上元さんです。圭と宅島くんが作ったT&Tカンパニーの社員さんで、宅島くんの婚約者さんでもあります」

なんてプライベートまで言っちゃってよかったか⁉

横目で伺いを立てようとしたけど、井上さんは名刺渡しの儀に入ってた。

「マネージメント事務所T&Tカンパニーの井上元と申します。社長の宅島からお噂はかねがねうかがっております」

差し出された名刺を受け取って目を通す圭の母上のしぐさは、まるで舞の手のように品よく優雅だった。

「桐院燦子《はなこ》です。宅島さんは圭の同級生で、面白いご縁だと思っていましたけれど、もう一つご縁が広がりましたのね。

悠季さんはわたくしどもにとりましても家族のような方ですので、どうかよろしくお願いいたしますね」

優美な会釈に、

「こちらこそ、よろしくお願いいたします」

と頭を下げた井上さんのしぐさも気持ちよくきれいだったけど、気品や貫禄《かんろく》は燦子奥様の敵ではなかった。

「それで急ぎの話とおっしゃるのは？」

お母さんが僕を見やりながら水を向けてくれ、僕はさっそく話し出そうとしたのだけれど、ひらいた口の舌の奥で言葉がつっかえた。ニコちゃんにはすらすら言えたのに、この人は圭のお母さんで……それを思うと、どう切り出していいのか……

「私からお話しします」

井上さんが口をはさんでくれたのがありがたかった。

「守村さんはまだ動揺なさっていますので、私から」

そうつけくわえて、井上さんはさらに言い添えた。

「人身事故や傷害事件といったお知らせではありませんので、その点はご安心ください」

お母さんが内心ぎょっとされたのを読んだんだ。

「わかりました」

お母さんは、「では何が」と聞き返したいのをとっさにこらえたようだった。

井上さんはそんなお母さんのようすを見据えながら、てきぱきと話し出した。

「さきほど一時過ぎごろに、ニューヨークの宅島から守村さんに第一報が入り、私が呼ばれて二人でくわしい説明を聞きました。

事件の経過をお話ししますと、現地時間の十九日二十二時ごろ、コンサートを終えた直後の桐ノ院さんに対して、ニューヨーク市警察の警官三名が逮捕令状を執行し、桐ノ院さんは逮捕拘束されました」

お母さんがハッと息を詰めた。

「令状のくわしい内容はまだわかっていませんが、逮捕の名目は少年に対する性行為の容疑だということです。目下、宅島が現地の顧問弁護士との連絡に努めています」

僕はハラハラしながら、お母さんのようすを見守っていた。

「なお逮捕の際、桐ノ院さんは警官に対して、身に覚えのない容疑であることを訴え、周囲にいた関係者も桐ノ院さんの主張を耳にしました。

また、これは宅島の個人的意見ですが、桐ノ院さんがそうした犯罪に走る理由はなく、契約更新の問題で揉《も》め続けてきたサムソン・エージェンシーがたくらんだ冤罪《えんざい》事件であると確信しているそうです」

「僕もそう思います。もちろん圭は潔白です」

井上さんが息を継いだ隙に割り込んだ。

「僕が今日うかがったのは、事件のお知らせと一緒に、サムソンと圭とのこれまでのゴタゴタをお話ししておこうと思ったからです。

僕が知ってるかぎりってところですけど、お話ししたいことはいろいろあって、ちょっと長くなると思いますけど、ええと、話を続けてもだいじょうぶですか？」

ポーカーフェイスを通り越して、固まったような無表情になっていたお母さんが、僕の質問にうながされたようにホウッと息をつき、膝《ひざ》の上で握り合わせた手を二、三秒じっと見つめてから言った。

「少し待っていただける？」

見ればお母さんの手は、細かく震えている。

「ええ、はい。もちろん」

お母さんはピシッと着込んだ和服の襟元に手をやり、息音は立てずに二度三度と大きく深呼吸してから、目を上げた。

その目が向いたのは、ドアの横に置物みたいに立っていた伊沢さんだ。

「伊沢、お父様にいまのお話を伝えて、お部屋にうかがいたいと申し上げて」

「かしこまりました」

「それとね、胤光《たねみつ》さんに至急帰宅なさるよう電話してちょうだい。くわしい事情は言わなくていいわ、とにかくすぐに帰ってきてほしいと」

「かしこまりました」

伊沢さんが出て行くのを見送ってから、お母さんは僕たちに向かって小さく笑ってみせた。

「わたくしはだいじょうぶです。でも圭には、父や夫の助けも必要かもしれないから」

それから、井上さんに向かって尋ねた。

「圭の容疑の『少年』というのは、未成年者という意味か、未成年の男の子という意味か、聞いていらっしゃる？」

「あ……いえ、確認しそこないました」

「そう。日本の法律では、少女も含めて『少年』と呼ぶのよね。被害者だと名乗っているのが女の子ならば、圭の無罪証明はいっそう簡単なのだけれど」

言って、すっくと立ち上がったお母さんの手は、もう震えてはいなかった。

「井上さんは、圭と悠季さんの間柄はご存じなのかしら？」

言いながらお母さんはドアへと向かい、その意図はお祖父《じい》さんの部屋へ行こうとしているに違いなかったので、僕たちも立ち上がってあとを追った。

「はい、うかがってます」

と井上さんが答え、

「同性婚のパートナーだというところまで？」

という、僕は思わずドキッとなったお母さんの聞き返しに、

「はい。守村さんからそう、うかがいました」

井上さんが、（そんなことはまるでどうってことない）ってふうに返事をして、

「それならいいわ」

と、お母さんが言った。

それはごくすらっとした言い方だったんだけど、僕はその瞬間、ものすごく重大な一幕をくぐったのを悟った。

言葉にするなら……あ〜〜〜〜……この人は僕たちの味方で、僕という男を愛している息子の味方であると同時に、僕のことも『可愛い息子の大事な嫁』みたいな覚悟で受け入れてくれていて……それを堂々と口にする胆力もある。そのことを僕にわからせてくれるための、井上さんとの会話だったんだ、と。

でも廊下を歩き出しながら、もう一つ気がついた。お母さんには、僕の覚悟を試す意図もあったのかな、って。

僕が井上さんに、圭とのことをちゃんと話せてるかどうか、僕が自分でそれを言えてたかどうかを知りたかった、って意味もありそうじゃないか。

そして思えばそれは、この人が僕たちの味方だってこと以上に重要なことだ。息子の一大事に、そのパートナーがどんな態度を取るのか。息子と一緒に闘う気でいるのか、自分は泥をかぶりたくないなんて逃げ腰でいるのか……お母さんがほんとうはそれを確かめたかったのならば、僕は胸を張って「もちろん圭とともに闘います」と言えるし、それはちゃんと口に出しておいたほうがいいかもしれない。

そう考えて、それを言える自信がある自分にホッとしていることに気がついて、もう一つ思いついた。

昔、圭はこの人のことを天敵みたいに言っていた。この世で一番苦手な女性だ、なんてふうにも。でもっていま僕は、その気持ちがちょびっとわかった気がする。敵にまわしたら、すごく怖い人だろうな、って。

でも圭、お母さんはもしかして、きみの敵だったことは一度もないんじゃないかい？　誤解とかすれ違いで、きみがそう思い込んでただけなんじゃない？　だって、そうじゃなかったんなら、きみとつき合い始めた時点で、僕なんかあっさり抹殺されてたような気がするぞ。

お母さんはしゅっしゅっと衣擦《きぬず》れの音をさせながら廊下を行き、階段を登って、真向かいのドアの前に立った。静かにノックして言った。

「お父様、よろしい？」

返事の代わりに中からドアがあいて、伊沢さんが「お入りください」と会釈した。

お祖父さんの部屋には、二度お邪魔したことがある。大きな暖炉があるヨーロッパ風の居間で、圭が富士見町の家の庭で拾ったという白猫が住み着いている。この前はお祖父さんの膝にいたシロは、今日は暖炉の前に長々と寝そべって昼寝中だ。

伊沢さんが三人分の椅子を用意してくれて、いつもの安楽椅子に腰かけているお祖父さんと向かい合いに座った。

「こちら、悠季さんのマネージャーの井上さん」

お母さんの簡潔な紹介をもらって、井上さんが名刺を差し出した。

「井上元と申します。お見知りおきください」

お祖父さんは慣れたようすの悠然としたしぐさで名刺を受け取った。

「圭の祖父の堯宗《たかむね》です。隠居の身ゆえ名刺は持ち合わせんので、いただくばかりで失礼しますよ」

「はい。あの、ご隠居とおっしゃいましても元頭取のオーラがご健在で、緊張いたします」

「はっはっは。ならば少しは孫の役に立てますかな」

お祖父さんは、圭が年を取ったらこんなふうになるに違いないって感じに圭にそっくりで、あ、逆か……ともかく、老貴族って感じの風格をまとったダンディーなご老人だ。話してみるとけっこう気さくで、見かけほど堅苦しい方じゃないんだけど、僕も最初はすごく緊張した。

「伊沢に説明を頼みましたけれど」

お母さんが、さっそく本題に入るって調子で言った。

「ああ、聞いた」

お祖父さんは、圭が常用してるポーカーフェイスの本家本元って感じの、内心は読めない顔でうなずき、僕に視線を向けてきた。

「明日は東京フィルハーモニーとのステージだが、だいじょうぶかね？」

それは、僕が調子を崩すだろうと心配……ないしは疑ってのお尋ねではなく、（ちゃんとやれるな？）という確認を含んだ励ましだったので、僕もきっぱりとお答えできた。

「だいじょうぶです。いまの僕が奏《や》れる最高のブラームスを弾いてみせます」

「楽しみに聴きに行く」

「ありがとうございますっ」

「車椅子用の後方席なのが残念だが、伊沢に無理はさせたくないのでな」

「ああ、まだ腰の調子がよくないんですか？」

「まだと言うより『もう』だな。伊沢も歳だ」

「お言葉ですが御前、介助の者は雇えましたものを『要らん』と言い張られたことをお忘れなきよう」

伊沢さんが澄ました顔でやり返し、僕は二人の仲のよさを感じて頬がゆるんだ。

「それでね、お父様、悠季さんがサムソンと圭のこれまでのいきさつを話しておきたいとおっしゃるの」

「うむ、聞かせてもらおう。サムソン・エージェンシーの副社長とは懇意のようだったが」

「ええ、はい。ディビッド・セレンバーグ氏と圭との関係は良好です。ええと、ディビッド氏のほうから歩み寄りがあったというか。写真週刊誌は怪しい感じに書いてましたが、あれはデマでして」

「M響の理事会から警告を食らった件だな」

ちゃんとご存じなんだと思いながら、

「はい」

とうなずいた。

「それで、ええと……言葉を選んでは申し上げられないのでズバリに言ってしまいますが、ディビッド氏がゲイだというのは、あちらの業界では有名な話だそうです。けど、僕も何度か会いましたが紳士的な人物に思えました。というか……圭も『腹を読ませない人物だ』と警戒してたんですけど、僕が知ってるかぎりでは紳士的な態度でいましたし。

問題は、彼の兄のサミュエル・セレンバーグです。SMEの社長なんですが、去年の春ごろのレセプションで、上院議員とかの前で圭のことを『黄色いテナガザル』なんて言い方をしたとか。圭がSMEとの契約の継続をことわった腹いせです。

そのあと、去年の五月ごろにマスコミを使ったいやがらせ事件がありまして。ニューヨークのゴシップ新聞が、圭のことを尻軽《しりがる》のゲイみたいな書き方で攻撃してですね。もっとも名指しじゃなくイニシャルだったんですが、『クラシック指揮者のK・T』って言ったら、知ってる人には圭のことだってわかります。でも名指しじゃないんで、圭も反撃しかねたというか」

「卑劣なやり方だな」

「まったく頭に来ます！　それで、そういう前例があるもんですから、今回のこともサムソンが黒幕に違いないって、宅島くんも言ってたし、僕もそう思います。SMEとの契約は今シーズンまでなので、圭はやっと馬車馬みたいな出稼ぎ仕事から足を洗えるって喜んでたのに」

「向こうで弁護士は雇ってあるのか」

「はい、いるそうです。僕はくわしくは知らないんですが、腕のいい人を頼んであると宅島くんが」

「燦子、小夜子《さよこ》に報《しら》せておけ」

「ええ、お父様」

「伊沢、M響の理事長に電話だ」

「かしこまりました」

え、そんなにさっそく？　と思った僕に、お祖父《じい》さんは言った。

「悪い報せほど、知るべき人間には速やかに伝えておくべきなのだ。危機管理の基本だ」

そうか、早く知っておけば、早く手が打てるから……

「向こうへ渡る予定でいるのか」

お祖父さんに聞かれて、

「来るなと言われてます」

と答えた。

「でも、行くべきときには行きます。圭は、僕を巻き込むことを心配してくれてるんですけど、僕としては、必要なら裁判の証言台にでもどこにでも出て行く覚悟があります。ほんとうを言いますと、たとえ役には立たなくたって、圭を独りでなんか闘わせたくないです」

「だが日本ではそもそもクラシック演奏家の活動の場は限られておるし、村八分という手口もある。せっかくのロン・ティボー優勝者という名声を擲《なげう》つ結果になりかねん」

「覚悟はしてます」

僕は言った。

「圭の冤罪《えんざい》は必ず晴らしますから、僕がステージから追われるとしたら、僕たちの愛情関係が原因になるでしょう。だとしたらなおさら、逃げ隠れはしたくありません」

お祖父さんは、それが本気の言葉かどうかを測ろうとするように、じっと僕を見つめてから言った。

「圭は、きみのそうした覚悟を知っておるのか」

「はい」

と僕は答えた。

「今回のことではまだ話せていませんが、前に何度かそうした話はしてます」

「ふむ」

お祖父さんは厳《いか》めしいまなざしで僕を見据えて言った。

「圭は、きみが自分自身を守ってくれることを望んでおるだろう。サムソンなどと契約したのは過ちだったと考えておるなら、共倒れになるような道にきみを連れ込むことは、ぜったいに避けたいはずだ。それが圭の愛情であることは、わかっておるな？」

「はい。でも」

「演奏家生命を懸けるほどの事態かどうか、慎重に考えて動きなさい。きみはまだ若いから、心中立てこそ最高の愛情表現のように思うだろうが、年寄りに言わせれば、感情に酔って犬死にするなど愚かなことだ。圭を大事に思ってくれる分、圭のためにも自分を大切にしてほしい。よいな？」

「……はい。冷静に考えて行動するように努力します」

感情に酔って、とか言われるのはちょっと心外だったけど、僕たちを心配してくださっての忠告だということはよくわかった。うん、そう、この災厄をひっくり返すには、冷静に判断できる胆力が必要なのは確かだ。

「御前、理事長の厳原《いずはら》様です」

伊沢さんが電話機の子機を差し出し、受け取ったお祖父さんが話し始めた。

「ご多忙のところ恐縮です。お世話になっておる圭のことで、お耳に入れておきたい事件が持ち上がりましてな。お聞きいただいてよろしいか？　ありがとう。

いま圭が演奏旅行先にいるのはご承知と思うが、ニューヨークで困った事件に巻き込まれましてな。どうも、あれが向こうの意向に逆らったことへの意趣返しらしいのだが、あるいはスキャンダルとして日本でも報道されるかもしれんのです」

お祖父さんは淡々とした口調で話し、相手が言うことを聞き取る間をはさんで話を続けた。

「むろんです。完全な冤罪であるのだが、M響はスキャンダルにきびしい。いったん報道されたならば、常任指揮者の職は解かれることになるのではないか？」

それから、また「うむ」「うむ」と聞いて、

「いや、頼みたいのはその後のことです」

と話し出した。

「あれの無実が証明された暁には、M響が率先して圭の名誉回復に動いていただきたいのだ。

……ああ、うむ、いや、それはおそらくない。不起訴に持っていくには、圭が向こうの言いなりに譲歩することが条件となるだろうが、こんな汚いやり方をする連中にむざむざ頭を下げ

るような育て方はしておりませんのでな。はっはっは、まあ、腐っても元華族ですわい」

それに理事長がなんと答えたのか、お祖父さんはもう一度ハッハッと笑ってから、おだやかな口調で念押しにかかった。

「理事長としては、根も葉もない悪質なスキャンダルが引き起こした解任を撤回することに、異存はあられませんな？

……いや、むろんそうしたことにしていただけるならば何よりだが、昨年の写真週刊誌の件での対応を思えば、楽観はできぬと考えておりますよ。

……いやいや、そのことで理事長のお立場が悪くなっても困ります。無理のない落としどころを探していただくということでけっこうです。圭も、相手のタチは知ってのうえで信念を通すと決めたようだ。結果については、それなりに覚悟をしています。

……ありがとう。よろしく頼みます」

話を終えた子機を伊沢さんに返して、お祖父さんは僕に目を向けた。

「理事長は承諾したが、理事会を説得できるかどうかは、圭のこれまでの実績への評価と今後の推移しだいだろうな」

「ありがとうございました」

僕は最敬礼に頭を下げた。正直なところ、こんなふうに動いていただけるとは思ってもみなかった。ありがたいです。

圭のお父さんへの説明と小夜子さんへの連絡はお母さんに任せて、桐院家を出た。圭の家族が味方なのを確認できてホッとしたせいか、福山先生への報告が日延べになり今日はここまででいいってことになって緊張の糸が切れたのか、やる気は盛り上がってる反面、ぐったりって気分の疲労感がしていて、早くバイオリンを弾きたかった。

伊沢さんが車で駅まで送ってくれて、その移動中に今夜の宿が決まった。井上さんの携帯にかかってきた電話がそれ。

「はい、井上です。あ、支店長、いい物件ありました?」

僕は立ててた聞き耳を引っ込めた。宅島くんからかかと思ったんだけど、違うようだから。桜台《さくらだい》だとか、それなら充分な広さだとかいう会話を交わして、井上さんはバッグからメモ帳を取り出した。

「桜台駅前の桜台不動産ですね。電話番号は……復唱します、3993の○△×□……ええ、ほんとにありがとうございました。さすがイクミさんです。……あはは、いいですよ～、フレンチでもホストクラブでも。ええ、その件はまた相談しましょう、考えておいてください」

それじゃ、と電話を切って、井上さんは僕に話しかけながらメモ帳をめくった。

「桜台の駅から車で十分ぐらいのマンションです。防音室がある4LDKなんで、Tカンの事務所込みで私も引っ越させていただきますね」

井上さんが探してたのは、都内の路線図だった。

「西武池袋線ですから、新宿と池袋で二回乗り換えですね。タクシーにしましょう」

「いいですよ、電車で」

僕は言ったけど、

「体力を温存してください」

だそうな。

「お送りできませず申しわけございません」

伊沢さんが駅前の降車場に乗り入れながら言った。

「あ、お気になさらず。お父さんがそろそろ帰ってこられるんじゃないですか？　お会いできなくて申しわけないです。よろしくお伝えください」

「かしこまりました。タクシー乗り場はあちらですので」

「はい。お世話になりました。圭や宅島くんから連絡があったら、報告します」

「お願いいたします」

トランクに入れてきたスーツケースは井上さんが降ろしてくれた。けっこう重いんだけど、彼女は見かけよりも力持ちだ。

タクシーに乗り換えて、まずは桜台駅前の不動産屋に向かった。

「すぐ入れるんですか？」

「ええ、入居はＯＫなんですが、エアコンとシステムキッチン以外の家財はいまからです。とりあえず今夜から必要なものを買い揃えてお持ちしますので、守村さんは明日の準備をなさってください」

「僕は布団だけあれば何とかなります。楽譜立ては持ってきてるし」

「コンサートの前日にこんな騒ぎになってしまって、ほんとにお気の毒です」

井上さんが言ってくれて、ちょっと気分が楽になった。彼女は僕の窮状を理解してくれてるってことだから。

「悪いのはサムソンです。サミュエルのぶん殴りリストにつけときますよ」

「だったら私はこぶしを鍛えときますね。音楽家の手は命でしょ？」

「じゃァ僕は蹴《け》りの練習をしとこうかな。やっぱり一発は自分で入れないと」

「ふふっ、それもボスは止めると思いますよ」

「過保護だもんなァ。でも僕の気が済まない」

「パンチバッグを買いましょう。やつの似顔絵でも貼り付けて殴る蹴る」

ジェスチャーつきの提案に笑いながら聞いた。

「なんですか、それ」

「パンチバッグ、知りません？　空気入れて膨らませて、ボカボカやるんです。大人用もありますよ、ストレス解消グッズですね」

「あ〰、なんとなくイメージが」

「あれなら突き指する心配もないし。見つけときます」

「あっは、いいですよ、そこまでしなくっても」

「パンチバッグと、念のためにグローブ。たしか二、三千円ですから」

井上さんは頭の中のメモに書き込んでるらしい顔で言った。

不動産屋の前でタクシーを降りた。桜台の駅前は初めて来たけど、道が狭くて車の乗り入れには不便なようだ。

電話で話は済んでたようで、賃貸契約書は井上さんが書いた。T&Tカンパニーの名義で借りるんだ。敷金礼金と家賃はクレジットカードで支払った。かなりの金額でビビッたけど、井上さんは涼しい顔だった。

鍵《かぎ》をもらうと、駅前の商店街で少々の買い物をして（トイレットペーパーとタオルとマグカップ、湯沸かし用のポット、ティーバッグの緑茶と紅茶と、インスタント式のドリップコーヒーなんかだ。あと夕食用のパック寿司《ずし》を二人前と、明日の朝食用の調理パンも）、タクシーでマンションに向かった。

僕たちのしばらくの住まいになる『サクラ・コート』は、なかなかしゃれた外観の四階建てのマンションで、部屋は最上階の四〇一号室。四階は一部屋だけだ。セキュリティつきの玄関でエレベーターもある。管理人室にはちゃんと管理人さんがいて、入居のあいさつをした。

「郵便受けの表札はどうされますか？」

管理人さんに聞かれて、井上さんが答えた。

「出さないでもかまいませんよね？」

「ええ、こちらはかまいませんが」

「追っかけファンを警戒してますので、よろしくお願いします。マスコミもNGです。当分は見つからないと思いますけど、怪しい来訪者などありましたら私のほうへ連絡してください。携帯電話の番号を差し上げておきますので」

井上さんが自分の名刺の裏に書いて渡した。

管理人さんが（知らない顔だけど、よっぽどの有名人なんだろうか）とでも思っているような顔で、じろじろ僕を見たのが恥ずかしかった。

四〇一号室はよそよそしい空室の雰囲気で僕を迎えた。まあ、文字どおりそうなんだけど。

「しばらくご厄介になります」

とあいさつして玄関を上がった。

フロアは、玄関から見通せるリビングルームの左右に二つずつ部屋がある造りで、リビングの一角がダイニングキッチンになっている。リビングの左手に六畳ぐらいの洋室と防音室、右手に同じぐらいの広さの洋室が二部屋で、あっという間に陣地分けは決まった。

「僕は、防音室の隣の部屋で寝起きするってことでいいですよね？」

向こう側の二部屋は、井上さんが居室と事務所スペースに使う。

「守村さんの部屋にはベッドとソファとテーブルと、ホットカーペットでいいでしょうか？」

「エアコンがあるから、カーペットまではいいですよ」

全室エアコンつきで便利じゃあるけど、電気代を食いそうな家だ。

「スリッパを買い忘れましたね。フローリングは足が冷えますよ」

「僕は冷え性はないですから」

そんな話をしながら、買ってきた物を手分けして適当に収納し、井上さんはさらなる買い物に出かけていった。緊急避難にしてはずいぶんと物入りになるけど、楽器の練習がOKのホテルは見つからなかったらしいし、当面の落ち着き場所が得られたのはありがたい。

僕はさっそく防音室の調子を知ろうとバイオリンを取り出し、大学の練習室と似た感じの音響ぐあいに一安心した。少し弾いてから、買ってきたペットボトルの水を沸かしてコーヒーを作り、マグカップを片手にリビングのすみに腰を下ろして休憩した。

……考えてみれば、こんなに急に家を逃げ出してこなくても、だいじょうぶだったかもしれない。明日のコンサートを終えてから引っ越したほうがよかったかもなァ。

でもまあ、もう来ちゃったんだし。設備のいいマンションだし、買い物の便利も富士見町の家とあんまり変わらないだろうし、住めば都ってことで慣れるが勝ちだよな。

しかしそれにしても、いつまでここにいることになるんだろうなァ。事件がニュースになったとして、マスコミのほとぼりが冷めるまでか？　『人の噂も七十五日』って計算だと、二、三ヶ月ってところかな。

「あ〜あ、サムソンめェ……」

住み慣れた愛の巣を追い出された恨みを込めて深々とため息をついて、取り急ぎ連絡しとかなきゃいけない人がもう一人いるのを思い出した。伴奏ピアニストの吉柳《きりゆう》さんだ。

明日のコンサートに関しては、彼には聴きに来てもらうだけだけど、明々後日《しあさって》の『音壺《おとつぼ》』リサイタルの伴奏を頼んでて、明後日《あさって》の土曜日の午後二時から合わせ練習を入れてあるんだ。

「ええと、いまの時間だいじょうぶかな」

窓の外はいつの間にか真っ暗で、腕時計を見れば六時近い。

とりあえず電話してみた。留守電になってたんで、電話をくれるようにと伝言しておいた。

さて……

「風呂《ふろ》にでも入るか？」

落ち着くのによさそうだと思ったけど、石けんやシャンプーが……

「ああ、いや、あるはず。あったはず」

スーツケースをあけてみれば、アラゴスタ（エビだ）を頭に載せた圭とのツーショット写真が目に飛び込んできた。サルデーニャ島で撮った思い出の一葉。ベッドルームに置いてあった写真立てを三つばかり放り込んできたんだ。

ほかに持ってきたのは、フジミの定演のときのスナップが入れてあるやつと、ロン・ティボーのガラのレセプションのときに小夜子さんが撮ってくれた記念写真。圭が楽しそうな表情で写ってるのを選んで持ってきた。

「僕はだいじょうぶだから、心配しないでいいからね」

写真の顔を指先でなでながら言ってやったら、喉元《のどもと》に涙味のせつなさが込み上げてきた。エヘンと咳払《せきばら》いして呑《の》み下した。めそめそしてる場合じゃないって。

「ええと、あ、そうそう、泊まりセット」

髭剃《ひげそ》り用品や歯ブラシなんかを入れてあるビニールポーチを見つけ出し、使い残しをもらってきたホテルのアメニティ・グッズを発見。タオルはあるから、うん、風呂に入れる。

井上さんはまだ買い物に駆けまわってくれてるのに、僕だけのんびりするのは気が引けるけど、明日《あした》のためだ。ざわついちゃってる気分をなんとかして鎮めて、演奏に集中できる精神状態に立て直さなきゃならないんで、ごめんなさい井上さん。

風呂は、システムバスにしては浴槽が大きくて、洋式じゃないのも気に入った。温度設定して『お湯張り』ボタンをピッと押せば、あとは自動でやってくれる。

お湯がたまるのを手持ち無沙汰《ぶさた》に待ってたあいだに、吉柳さんから折り返しの電話が来た。

「連絡がついてよかったです。じつは……」

僕は圭が見舞われた事件を説明し、パパラッチ除《よ》けに富士見町の家を出たことを話して、いまいる避難先の住所を伝えた。
「それで、明後日の練習場所を考えなきゃいけないんですが」
《桜台なら、僕の家が近いです。江古田《えこだ》なんで》
「え、でしたっけ？」
《上板橋《かみいたばし》から去年引っ越したんです》
なるほど。
「じゃァ、そちらに行かせていただいていいですか？」
《僕んとこの防音室は狭いですけど、なんとか二人は入れますから》
「よかった、ピアノつきの練習スタジオを探さなきゃならないと思ってました。お宅への行き方を教えていただけますか？」
《駅まで迎えに行きますよ。駅からバスだし、バスを降りてからちょっと歩くんで》
「初心者は迷う？」
《そりゃもう保証します》
「じゃァお世話になります」
自宅に行くなら、奥さんにお土産がいるよな。なんて考えごとは土曜日でいいや。
電子音のアラームと「お風呂が沸きました」という自動音声に呼ばれて、バスルームに行った。脱衣かごはないんで、脱いだものは床に積んどくしかない。

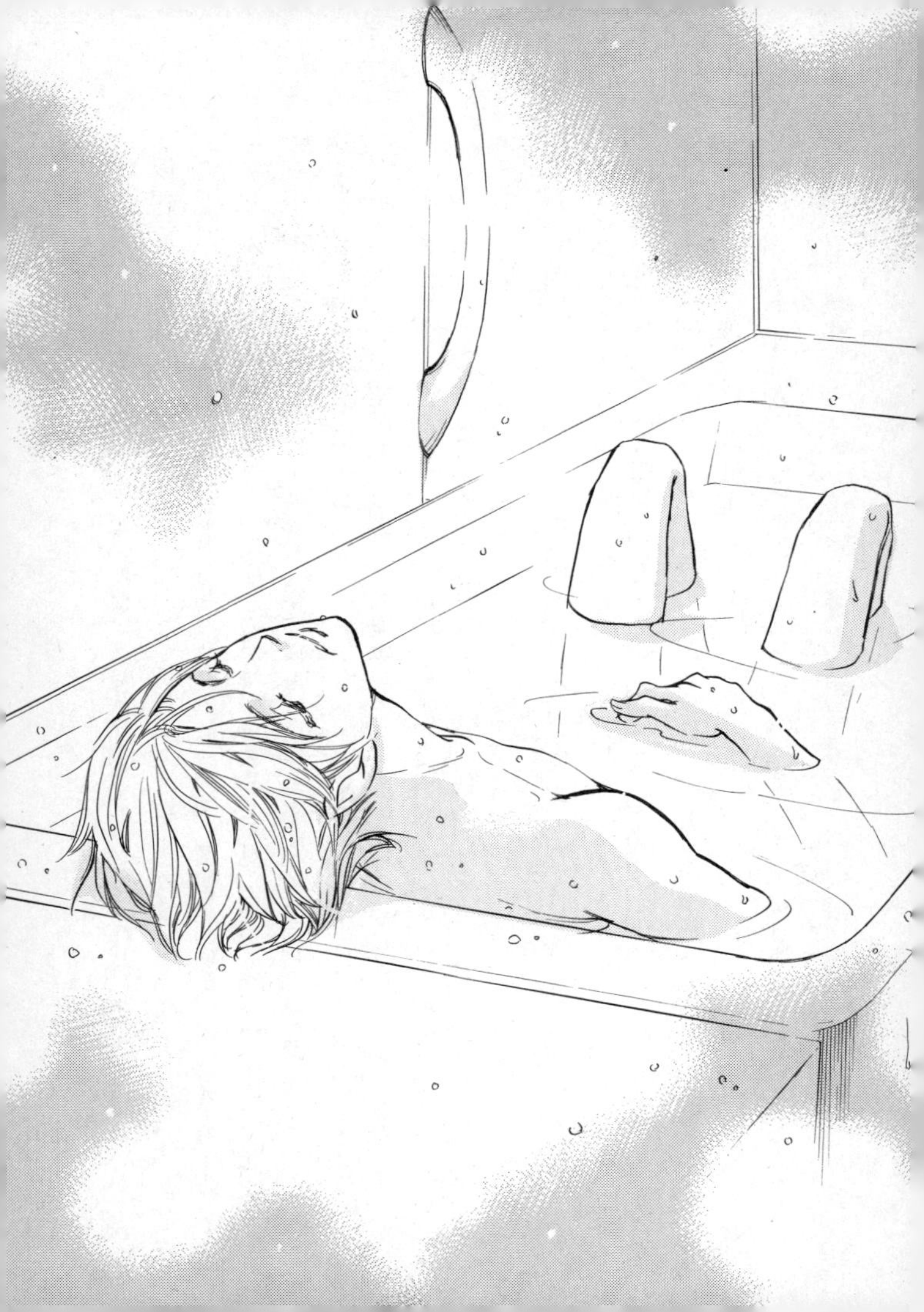

あーそっか、洗面器も汲み桶《おけ》もないんだよ。シャワーはあるから、洋式バスと思えばいいか。湯加減はちょうどいい湯船に浸《つ》かって、まずはなるべくゆったりくつろいだ。

こっちが夕方の六時過ぎだから、冬時間のニューヨークはいま朝の四時か。圭は警察の留置場にいるんだろうか。そこがどんな場所なのかは、昔テレビで見た刑事ドラマかなんかの曖昧《あいまい》な記憶しかないし、日本とアメリカじゃずいぶんようすも違うんだろうし。でもどっちにしろ、過ごしやすい場所じゃないだろう。

眠れないまま悶々《もんもん》と朝が来るのを待ってるのかな……僕が一緒にいられればよかったのに……弁護士さんは来たんだろうか。宅島くんから電話が来ないってことは、まだ何も進展がないんだろうけど……ようすが知りたいよ。宅島くん、早く電話して来い。

風呂のおかげで、それとなく気持ちの整理がついた感じになり、買ってきた寿司《すし》で夕食を済ませてから練習を始めた。井上さんはまだ帰ってこない。

精神統一も兼ねて指の準備運動を念入りにやってから、僕が大好きなブラームス先生のコンチェルト……魂のこもったいい音で披露できるように、一心不乱の境地をめざして二回通して、だいじょうぶそうだという感触を得た。

時間は……まだ十時前か。もうちょっと弾いとこうと思って、バイオリンをかまえ直したら、

「守村さん」

と声をかけられた。振り向けば、細くあけた防音ドアの隙間から井上さんが覗《のぞ》いてる。

「お帰りなさい。って、とっくだったのかな」

練習中だったんで声をかけなかったんだろう。

「電話です」

「あ、宅島くん!?」

「いえ」

「じゃあっ」

と期待したのは当然、圭からだっていう返事だったんだけど、

「福山先生です」

と携帯電話を差し出された。井上さんのだ。

「えっ!?　わわっ、どのくらいお待たせしちゃいました!?」

とりあえず電話機を受け取った。でもなんで井上さんの電話に？

「ご自宅の電話からの転送です」

「え？　あ、ええと、どのボタン」

「このままお話しになれます」

「どうも」

耳にあてて、

「すみません、たいへんお待たせいたしました！」

言ったところが、

《おまえ、どこにいるんだ》

と返ってきた。

「桜台のマンションです」

とお答えして、説明をつけくわえた。

「あの、しばらくこちらに住むことに」

先生は一瞬の沈黙をはさんでおっしゃった。

《用件はなんだ。急いどるようだったと聞いたが》

あーうー……お会いして話そうと思ってたんだけど、わざわざ電話してくださったんだ、いま言うしかないか。

「じつは緊急にご報告しておきたいことができまして」

《うむ》

「お耳に入ればご心配をおかけすると思いますので、その前に僕からご説明しておこうと思いました。日本でもニュースになるかどうかはわからないんですが」

そんな前置きを言ってから、圭の事件を話し始めた。

「いまニューヨークにいる桐ノ院が、ある事件の容疑者としてあちらの警察に逮捕されまして、ただし容疑は根も葉もない冤罪《えんざい》です。契約更新をことわったことでずっと揉《も》めていた、サムソン・エージェンシーのいやがらせだと思いますが、マスコミがどうあつかうか心配しているところです。僕と彼は同居してますので、マスコミが家まで取材に来た場合、騒ぎに巻き込まれないようにと取り急ぎここへ避難しました。防音練習室つきのマンションです。先生もご存じの井上マネージャーが一緒です。ええと、電話に出た彼女です。

それで僕としましては」

言いかけたところへ、

《容疑はなんだ》

と聞かれた。

「あーそのう……」

ううっ、言いにくい！　けど……

「つまりですね、ええと、その、せ、性犯罪です」

電話の向こうで先生は絶句され、僕は急いでつけくわえた。

「み、未成年者への性犯罪ってことらしいんですけど、まだ第一報しか来てなくて、向こうは夜中だったんで、くわしいことはこれからで！　でも圭っ、じゃない桐ノ院はぜったいそんなことはやってませんから！　まったくのでっち上げですから、そのことをお伝えしておこうと」

《別れろ》
と先生はおっしゃった。
どこかで予想していた気もするけれど、じっさいに言われてみれば大ショックだった。
一瞬で耳まで上った憤慨の血の熱さにのぼせながら言い返した。
「いえ先生、ですから圭は無実の罪でっ」
《おまえのような駆け出しには、そんなスキャンダルは命取りだ。せっかくロン・ティボーを獲《と》って、やっと芽が出た矢先なんだぞ》
「重々わかってます！　でも僕はっ」
《おまえたちがふつうのカップルなら、夫をかばう妻は美談だがな、おまえたちの関係はそれだけでスキャンダル・ネタなんだぞ！》
先生はそう僕をお叱りになった。
《バカ僧がそんなこともわかっとらんようなら、今後いっさい連絡は取るな！　世間の風は甘くはないんだ！》
「わかってます！」
僕はやり返した。
「僕も桐ノ院も、僕たちの立場は重々承知してます！　だから彼は僕にアメリカには来るなと、コンサートやリサイタルの予定にはぜったい穴を空けるなと伝言してきていて、僕もそのつもりです、明日の東フィルとのコンチェルトも必ずいい演奏をしてみせます！」

言ってるうちに胃がカッカと熱くなり、体が震え出した。腹の底から湧き上がる憤懣《ふんまん》でだ。

「でも別れたりなんかしません。僕たちにはおたがいが必要なんです。僕の音楽は、先生だけじゃなく彼にも支えられてここまで来たんです！　僕はぜったいに彼を見捨てませんし、世界中が彼の敵にまわったとしても、僕だけは彼の味方でいます。そのときにはカミングアウトだってやります！　田舎の姉たちや子どもたちを世間の白い目の犠牲にしてしまうとしても、これだけはぜったいゆずれません！」

《馬鹿者がっ!!》

と怒鳴られた。これがお会いしての話し合いならば、ピアノの蓋《ふた》ぐらい飛んできそうな勢いだった。でも先生は、僕を心配してくださっているのだ。

だから言った。

「もうしわけありません。不肖の弟子で、ほんとうにもうしわけありませんっ。もしも先生にまで火の粉がかかるようでしたら、どうか破門にしてください。先生にここまで育てていただいたご恩を、あだで返すようなことにはしたくありません。あっ、エミリオ先生にもそのことはいいますぐ」

電話しますと言おうとしたのをさえぎって、先生はおっしゃった。

《おまえが表に出る必要はない。そうだな？》

怒鳴りたいのを抑えつけているようなお声だった。
「あー、わかりません。でも裁判で証人が必要になった場合とかには」
《落ち着こう》
ご自分に言われたような口調で先生はおっしゃり、お続けになった。
《まだ詳細はわかっとらんのだな？》
「はい、連絡待ちです」
《おまえはなんでも悲観的に考える癖がある。まずは落ち着いて、明日の演奏のことだけ考えろ、いいな？》
かんしゃくを抑え込んで、嚙《か》んで含めるような言い方での先生のお言葉は、なんだか父さんに言われているような感じだった。
「はい。そのように努力してます。桐ノ院からもそう」
《越後《えちご》の頑固者のブレのなさを発揮しろ。できるな？》
「だいじょうぶです。僕は負けません」
《よし。あとのことは明日のステージを終えてから考えろ》
先生はそうお命じになり、それは僕の決心への賛成と信頼をあらわしていた。
《東京フィルはM響よりも歴史の長い名門オーケストラだ。おまけに曲は、おまえの売り物のブラームスなんだからな、おろそかな演奏などするなよ》

「はい、しっかりがんばります」

《うむ。越後人のど根性を信じとるぞ》

そして先生は電話をお切りになり、僕の「ありがとうございます」は届かないままの言いっぱなしになったけど、きっと伝わっているだろう。うん、きっと……

ツーッ・ツーッと一方通行の信号音を立ててる電話機のオフボタンを押して、持ち主に返そうと井上さんを目で探した。

部屋からはいなくなってたんでリビングに出ていき、そこにもいないんで、どっちの部屋かなと思いながら手前のドアをノックした。たしか、こっちが仮事務所に使うほうだったと思う。

「はい」

と返事があったんで、ドアをあけた。

「電話、お返しします」

テーブルの上にひらいたノートパソコンの前から振り返った井上さんに、電話機を渡しに行きながら、

「別れろと怒られました」

と苦笑してみせた。

井上さんは返事代わりにひょくっと肩をすくめてみせ、その話はそれで終わりになった。

「お部屋、ソファベッドにしましたけど、よかったかしら」

「気に入らないものや足りないものがあったら、遠慮なく言ってください」

「あ、まだ見てない」

「は〜い。お世話になります」

防音室からも入れるし、リビングに出られるドアもある、僕の寝室に入ってみて驚いた。小学校のときに読んだ『小公女』の、何もなかった貧しい屋根裏部屋が知らないあいだに豪華に調えられていて、セイラがびっくりするシーンみたいだ。

がらんと空だった部屋には、シックな色合いの寝具がそろえられたベッドや、テーブルや一人掛けのソファが置かれ、窓には趣味のいいカーテンがかかっていて、いいホテルのシングルルーム並みの居住空間ができ上がっていたんだ。

「くつろげそうですか？」

背後から声をかけられて振り向いた。

「ええ、充分。ありがとうございました」

「連絡待ちは私がしますので、守村さんはのんきになさっていてください。ボスから電話があれば、寝ていらっしゃっても何時だろうとも取り次ぎますから」

「何から何まで、助かります」

と頭を下げた。

「明日は十一時にホール入りですので、十時過ぎにここを出ていただきます」

「はあい」

「燕尾服《えんびふく》のプレスはしないでよろしかったですか？」

「だいじょうぶだと思いますけど、あれ、スーツケースは……」

「こちらに入れてあります」

部屋には壁に埋め込んで造りつけたクローゼットがあったんだ。

スーツケースの中から、燕尾服の上下のほかシャツから靴まで一式入れてあるガーメントバッグを出して、念のために上着とズボンをハンガーに掛けた。圭がプレゼントしてくれたオーダーメイドの燕尾服は、生地も上等なんだろう、一晩ハンガーに掛けておけば畳みじわも目立たなくなる。

「整理ダンスがいりますね」

井上さんが言ったのは、スーツケースに詰め込んできた服や下着のしまい場所の心配だけど、

「こっから使いますから、いいですよ」

とことわった。これ以上あれこれ買い込むより、ホテル住まいと思ってシンプルに暮らすほうが気楽でいい。

「ほかにご用がなければ、私は事務所のほうに」

「ええ、ありがとう。僕は風呂《ふろ》はもう入りましたから」

それから、思いついて言い添えた。

「ずっと自炊してきてるので、食事は自分で適当にやりますから」

井上さんは呑《の》み込みよくうなずいた。

「わかりました。ルームシェアしてる他人同士って感覚で、変に気を遣い合うのはやめましょう。私がすっぴんでうろうろしていても、気に留めないでくださると助かります」

「姉たちで慣れてるんで、だいじょうぶです」

と請け合った。

姉さんたちは「弟なんか男のうちに入らない」とか言って、風呂上がりに裸みたいな格好で僕の前をうろつくのも平ちゃらだったけど、そこまで言ったらセクハラになりそうだからやめておこう。

僕のほうも、パジャマ姿は自分の部屋の中だけにするぐらいの気配りは必要だよな。

さて、睡眠不足でステージに立つのは避けたいので、十二時過ぎで練習は切り上げ、安眠なんてできやしないだろうベッドに入った。

ニューヨークはもう昼前だよな。圭はどうしているんだろう。弁護士さんとは会えたのか……宅島くんからもまだ連絡はないんだよな、井上さんが何も言わないってことは。

それにしても……警察沙汰《ざた》なんて僕はいっぺんも経験してないから、何がどういうふうに運ばれていくものなのか見当もつかない。圭は英語もできるから、言葉の心配はいらないわけだけど、アメリカの警官って日本の警察官より乱暴そうなイメージがある。容疑者だからって、やたら殴られたりはしないだろうけど……ああ、そうだ、人種差別って問題もある。差別意識が強い相手だと、不当にいやな思いをさせられることもありそうで……

とにかく電話だ。電話よ、来い！　留置場から電話することって、できるのかな。国際電話もできるのかな。宅島くんも弁護士さんもいるんだから、いろいろちゃんとやってくれているんだろうけど……

そういえば留置場って、ほかの犯罪者も一緒くたの大部屋か？　ギャングとか麻薬中毒者とか、そういう危ない連中と一緒に入れられてるんだとしたら……だいじょうぶかな、変なのに絡まれて暴力沙汰とか、怪我をさせられたりとか……

「ああっ、くそっ！　心配してるんだぞ、圭、さっさと連絡して来いって」

ぶつくさ独り言を言ってみても、何の解決にもならない。

「あ、こっちから電話してみればいいんじゃ？」

そう思いついて起き上がった。

「そうだよ、なにぼやんと待ってたんだ」

ふだんは圭のほうがマメに電話してくるもんだから、僕からかけることはあまりないけど、海外へのかけ方は知ってる。メモリーしてある電話番号は宅島くんの携帯のだけど、何らかのニュースは聞けるだろう。

常用の持ち歩きバッグに入れてある携帯電話を取り出して、電話帳の検索画面を呼び出し、『圭　アメリカ』を見つけて通話ボタンを押そうとしたときだった。

コンコンッとノックの音がして、井上さんの声が僕を呼んだ。

「守村さん、守村さ〜ん！　電話でーす！」

「あ、は〜い！」

電話機を放り出してドアに飛びついた。勢いよくあけてしまってから、ぶつけちゃったかとぎょっとしたけど、だいじょうぶのよう。

「ボスです」

と渡してくれた彼女の携帯電話をひったくるように受け取って耳にあてた。

「もしもしっ？」

《僕です》

と応《こた》えた深いバリトンの美声はいつもどおりで、僕は思いっきり安堵《あんど》した。

「よかった〜〜〜〜！　待ってるのに宅島くんからはあれ以来まだ連絡がないし、どうしてるか心配で心配でさ、こっちから電話しようとしてたとこだよ」

《心配をかけて申しわけありません》

「だいじょうぶかい？　昨夜はけっきょく留置場に泊まらされたのかな？　何から聞けばいいのか、だいじょうぶかい？」

芸もなくくり返した僕に、圭は笑い声で言った。
《僕のほうは心配いりません。弁護士が保釈の手続きにかかっているところです》
「あ、そうかそうか、保釈ってのがあったね。その手続きが済めば帰れるんだ？　警察沙汰なんて初めてだからさ、もう何がどうなるんだか見当もつかなくって」
《こちらでは僕は外国人ですので、通常より少し手間がかかるようですが、ニューヨークでも大手の事務所ですから弁護士はそろっているようです》
「うんうん、じゃァ生島《いくしま》さんの弟さんに応援を頼まなくってもだいじょうぶみたいだね」
実の弟じゃない、マム・マリアに育てられた同士っていう『兄弟』だけど、弁護士になってる人がいるんだ。
《ええ、そう思います》
圭は言って、話を変えた。
《明日のコンサートに間に合うように帰国するのは無理のようです》
ドキリと胸を衝《つ》かれながらうなずいた。
「あー、そうだろうね」
でも圭は、できれば帰ってくる気でいてくれたんだ。僕は最初から無理だと思っちゃってたけど。ごめん、圭。
「『音壺』でのリサイタルには間に合うかな」

それがどんなに能天気な返事だったか、そのときの僕は気づきもしなかった。

《調子はよさそうですね》

というのが、圭が言いたかった本題のようだった。つまりは、心配のあまりに僕が調子を崩してるんじゃないかと気遣って、電話してくれたのだ。

「うん、意地でもいい演奏をしてみせるから」

強がるつもりじゃなく、そう請け合った。

「言っとくけど、帰ってくるときは必ず電話しろよ。サプライズなんてたくらむと、僕はいないからね」

《とは？》

「マスコミ避《よ》けの避難所にいるからさ。桜台に防音室つきのマンションを見つけてもらった。4LDKなんで、井上さんとT&Tの事務所も込みで引っ越してるんだ」

圭はちょっと考えた感じの間を置いて言った。

《最善のガードを敷いていただきましたが、コンサート直前に枕が替わっては落ち着かないでしょう》

「まあね。でも一晩寝れば慣れるよ」

圭が安心するように言葉を選んで、話を変えた。

「ここ、吉柳さんの家に近いんだ。あの人、江古田に越してたんだって。それとね、昼間成城に行ってお母さんとお祖父《じい》さんに事情を説明してきた。
お祖父さんがその場でM響の理事長に電話してくださって、きみの冤罪《えんざい》が晴れたら復帰できるように交渉してくれた。向こうもOKしたみたいだったよ」
《そうですか》
「あ、そういえばさ、保釈金がいるんだろ？　貯金で足りるのかい？」
《ご心配なく》
圭は言い、僕は鵜呑《うの》みに信じた。
「弁護士さんも宅島くんもいるんだから、僕の出る幕なんかないかもしれないけど、何かあったら遠慮しないで言ってくれよね？　僕らは一蓮托生《いちれんたくしょう》なんだから、必要なら金策でも何でもするから」
《ありがとう》
圭はほほえんでる声でささやいた。
《では激励のキスをください》
「うん」
チュッとキスの音を送ってやって、言い添えた。
「愛してるよ。きみを信じてる。っていうか、ばかばかしいぐらい見え見えの濡《ぬ》れ衣《ぎぬ》だってェの！　いろいろいやな目に遭っちゃうだろうけど、がんばれ。でもって、早く帰っておいで。

待ってるからね」
《はい、悠季。愛しています》
「愛してるよ。ほんとはいますぐ飛んでいきたい」
《ありがとう。ですが》
「うん、わかってる。『音壺』が済むまでは動けないし、そのころにはきみは帰ってきてるかもしれないしね。とりあえず目の前のステージに集中するようにがんばるから」
《ええ、ぜひ》
と声をほほえませた圭が、残念そうな声音で言った。
《そろそろ時間ですので切ります》
「電話は時間制限があるんだ？」
《まあ、拘置施設ですのでそれなりに。それでは》
「うん、電話ありがとう。きみの声を聞けて安心したよ」
《こちらこそ。では、おやすみなさい》
「うん。風邪を引いたりしないように気をつけて。そうそう、そんなところでちゃんと寝られたのかなって心配だった。コンサートのあとだったし」
圭は演奏に全霊で集中しきるんで、終わったあとはものすごく疲れてるんだ。
《だいじょうぶですよ、問題ありません。どうか明日もよい演奏を。愛してます》

そう言って圭は電話を切り、僕は井上さんに電話機を返した。

「元気でした」

と笑ってみせたら、

「よかった」

とうなずかれて、涙ぐみそうになった。井上さんの言い方が、自分のことみたいにしみじみとうれしそうだったからだろうか。親身な同情って、涙腺《るいせん》にくる。

「宅島くんから連絡は？」

「まだです。保釈手続きに入っているなら、保釈金の用意やなにかで忙しいんでしょう」

「でしょうね。保釈金って、いくらぐらい要るんだろう」

「たぶん万単位だと思いますが」

「一万ドル⁉……って百万円ちょいか」

僕にはすごい大金だけど、圭なら……と思っていたら。

「逃亡を防ぐための保証金ですから、ボスの場合ですと五十万ドルぐらいは言われそうですね」

「五十って……五千万円⁉」

「ボスはご実家も資産家ですから、下手をすると百万とか」

「い、一億円⁉　や、いくらなんでも」

青くなって、人の悪い冗談はやめてくださいと手を振った。

「報告できるような進展があれば、宅ちゃんが必ず連絡してきますから」

井上さんは落ち着き払った顔で僕をなだめ、

「失礼します。おやすみなさい」

と部屋のドアを閉めた。

「はい、どうも。おやすみ」

僕はベッドに戻って布団にもぐり込んだけれど、一億円が頭の中でぐるぐるしちゃって寝つけそうになかった。

圭のお父さんは富士見銀行の頭取だから、いざとなればお金は借りられるんじゃないかと思うけど、それはそれで後々のトラブルにつながりそうな気もする。

富士見銀行の頭取職はこれまで桐院本家の世襲でやってきて、圭はいまの当主であるお父さんの一人息子。当然お父さんは銀行を継がせるつもりだったのを、圭は音楽家になりたいって言って蹴《け》って、芸大に入ったのも留学したのも、お父さんの許しは得てない圭の一存だったという。

もっともいまでは、跡継ぎには圭の妹の小夜子さんが名乗り出ていて、銀行家として立つ準備にハーバードのビジネススクールに進学したって聞いた。圭は世界的に活動する人気指揮者になり、お父さんも息子の活躍は認めてるようだから、保釈金を用立ててやる代わりに指揮者を辞めて銀行マンになれ、なんてむちゃは……たぶん言わないよな。お父さんにとっては舅《しゅうと》さんになるお祖父さんが味方だしな。

「……うん、きっとなんとかなるさ」

そうけりをつけて、なんとか寝てしまおうとしたんだけど、眠気はいっこうにやって来ない。代わりに老婆心の心配性が想像をたくましくし始めた。

圭はまだブタ箱にいて、ほかにも放り込まれてる犯罪者（っていうか容疑者？）がいるんなら、日本人で背が高くてハンサムのうえに、りゅうとした燕尾《えんび》服《ふく》姿の圭はさぞ悪目立ちをしてるだろう。絡まれたってびくともするような圭じゃないけど、つまらない暴力沙汰《ぼうりょくざた》で怪我でもしたりするなら……ああ、でもまあブタ箱の中なら誰も武器は持ってないよな、刺されたり撃たれたりする心配はない……んだけど、殴られて骨折とかは可能性がないわけじゃないし……どんな連中と一緒なのか、聞いてみればよかった。麻薬で頭がおかしくなってる大男のジャンキーとかがいたら怖いよな。強盗とか暴行犯なんかも同室だったりするんだろうか。でもって僕は、圭が喧嘩《けんか》に強いのかどうか知らない。

いや、だいじょうぶさ、圭ならきっと上手く立ち回る。なにせカリスマ指揮者だから、掃き溜《だ》めに鶴って感じで、荒っぽい連中を威厳で制圧しちゃってたりしてさ。

あーでも、もしもサムソンの息のかかった連中が送り込まれてたりしたら？　最初から圭を痛めつける目的のやつらが、こっそり武器を持ち込んでたりしたら……指揮者だって手が命だ。

小指一本折られたって、治るまでタクトは振れないだろう。

あ、でもそうしたら暴行傷害でぎゃくに訴えることができるか？　サムソンの仕業だってのを証明できれば、サミュエルにカウンターパンチを食らわせることになる！

なんてのは痛快そうではあるけど、圭が怪我をするのはいやだ。

それと……心配なのは裁判だ。圭が無実なのは確かだけど、それを証明できなきゃ冤罪で刑務所入りってこともないわけじゃなくて……弁護士さんの腕次第とかになるんだろうか。

あっ、そういえば姉さんに電話しそこなった。スキャンダルとして報道されちゃった場合、一番心配しなきゃいけないのはフミ姉ちゃんの気持ちだよな。

たぶん「ユキの友達のことだから、ユキとは関係ねえ」ってふうにでも言いわけするだろうけど、姉さんたちは僕らの仲を知ってるだけに、義兄《にい》さんたちや家族や親戚《しんせき》たちに疑われたらどうしようって、針の筵《むしろ》に座ってる気分になるだろう。

チエ姉は気が強いし、ヤエ姉は飄々《ひょうひょう》とした性格だから、うまく関係ない顔を作るだろうけど、フミ姉は真面目なぶん気が小さいし、そのことで四人の子どもたちがいじめられでもしたらって、きっとくよくよ心配するに違いない。

明日《あした》の朝、電話しとくほうがいいよなァ。でも……怒り泣きされたりしたら、こっちも気が滅入《めい》る。本番前にそれはちょっときついよなァ。僕としては、話すのは演奏会が終わってからにしたいけど、ワイドショーとかで話題にされちゃってからじゃ遅いし……あ～、う～～～

……井上さんに頼んじゃうか？　や、いや、それはまずいだろ。やっぱり僕から言わないと。あ、ヤエ姉に言って、フミ姉に伝えてもらうって手はどうかな。ヤエ姉のほうが冷静に聞いてくれると思うし、うまくフミ姉をなだめてくれるだろうし、話が日本のマスコミには流れなければ黙っておいてもらえばいい。うん、そうしよう。

家にかけたらフミ姉にばれそうだし、そもそも保育園勤めのヤエ姉は出勤が早いから、携帯に電話しよう。番号はたしか電話帳に登録してたはず。

起き上がって、携帯電話の登録番号に入ってるのを確認して、ため息をついて、なんかもう眠れないままベッドに鬱々《うつうつ》と寝転んでるのもいやになった。

パジャマの上からセーターを着込んで、明日の演奏に使うグァルネリをケースから出し、防音室に行った。

何を弾きたいって気分ではないので、指のトレーニングである音階練習を飽きるまでやったけど、まだ眠くならない。《G線上のアリア》を弾き始めた。

僕にとっては圭をあらわすテーマ曲である《アリア》を弾きながら、圭のことを考えた。

……出会ったころのこと、いつもは思い出さないようにしてる不幸な初夜と、強姦《ごうかん》されたって事実と折り合うのにさんざん悩んだ果ての薄氷みたいな和解……一からやり直そうっていう圭に「コーヒーでもいかがですか」と誘われるたんびに、むかっ腹を立ててたよなァ。

自信家で威圧感たっぷりな天才ノッポ野郎の横恋慕なんかに二度と捕まるまいと、僕は必死のハリネズミみたいに警戒して、圭の勇み足で犯《や》られた以上に圭を傷つけまくった……よな。

うん、いまにして思えば。

《アリア》は短い曲ですぐに終わってしまったので、圭がときどき子守唄《こもりうた》代わりに歌ってくれる《オンブラ・マイ・フ》へと弾き進んだ。

僕らがいま相思相愛の幸せなパートナー同士でいるのは、あのとき圭があきらめないで口説き続けてくれたおかげだ。あのころの僕は、自分の幸せがそんなところにあるなんて思いもしないで、とにかく同性愛なんていやだ、きみになんか捕まらないと抵抗しまくったんだけど……いまではきみなしの人生なんて考えられない。きみの愛が僕を変え、僕の人生をダイナミックな前向きの流れへと変え、いまの僕がいる。

ねえ、あのころの僕を振り返ってみれば、信じられないほどの変わりようだよね。きみがフジミにやって来たころの僕ときたら、後ろ向きのいじけ屋で、フジミの中ではそれなりに頼られてるっていう自負以外、なんの自信も持ち合わせていなかった。バイオリンだけが拠《よ》りどころで、でもプロのバイオリニストになろうなんて無理だってあきらめてて、そんな自分が苦しくて、ひょっこり目の前にあらわれた年下のくせに新進気鋭の天才指揮者に嫉妬《しっと》し、憎んだ。

……僕の手は、いつしかバッハの《無伴奏パルティータ第二番》を奏で始めている。第五楽章はかの有名な《シャコンヌ》であるこの曲は、『音壺』での『あしながおじさん』たちへのお礼のリサイタルの演目として、都留島《つるしま》さんからぜひにとリクエストされているものだ。

この僕がだよ、「ぜひ、きみのバッハを聴かせてくれたまえ」なんて言ってもらえるような身分になったなんて、ほんとに夢みたいな話だよなァ、あのころから考えると。

でもって、それは全部、圭がきっかけを作り、怖気《おじけ》づく僕の背中を押し、尻《しり》を叩《たた》き、手を引くようにして導いてくれたおかげであって……だからね、きみの恋人だからって理由でロン・ティボーのメダルが取り消しにされるなら、僕は「そうですか」って返上するよ。

だってね、バイオリニスト守村悠季の師匠は、福山正夫《まさお》先生であり、エミリオ・ロスマッティ先生であるけど、その先生たちとのご縁だって、圭がいなければあり得なかったんだから。福山先生との縁は大学卒業と同時に切れてしまったままだったろうし、エミリオ先生と出会わせていただくこともなかった。

きみと出会わなければ、僕はいまでも週三回のフジミの練習日だけを心の支えにしてる、ちょっとばかりバイオリンが鳴らせる以外はなんの取り柄もない、さえない臨採音楽教師だっただろう。

人に愛される喜びも、愛し愛される幸せも知らない、音大を出たっていう過去の栄光だけが拠りどころのいじけた偏屈男で、きっと（やっぱり）川島さんにも振られてた。楽器は弾けない四畳半のアパートで、破れた夢をいじいじと悔やみ続けながら孤独に歳を取って……

でも、きみと出会って僕の人生は大きく変転した。

後ろ向きだった生き方を、きみの影響で前向きに変えさせられたおかげで、バイオリンに関

しては大学時代以上の辛酸も嘗《な》めたけど、苦労する甲斐《かい》がある苦労は苦しみじゃなかった。同性の恋人を持ったことでの苦悩も味わったし、その件については今後が本番かもしれないけど、僕はもうそれをリスクには数えない。

昔は、フジミの人たちに僕らの仲を知られるのが、死ぬほど恐かった。同性愛者だと白い目で見られ、そんな変態とはつき合えないと縁を切られる可能性に心底怯《おび》えていた。いまは……いまだってニコちゃんたち以外は、知れば眉《まゆ》をひそめて僕らを遠ざけるかもしれないけど、それで平気だなんては思わないけど、何を言われようと圭は僕の大事な人生のパートナーで、そのことを恥じたり後ろめたく思う気持ちは乗り越えた。

開き直るんじゃなく、僕らの人生にはおたがいが必要なんだってことを、信念として胸を張って言える僕になった。それがみなさんに受け入れられなければ、とても悲しいに違いないけれど、怯えてはいないし、もしそうなっても死にたくなるほど傷つきはしない。

……と思うのは、味方もいるってことを知っているからでもあるけどね。

ああ、そっか、さっきの福山先生との電話で、もう一つ自信をもらったんだな。『別れろ』って言われてショックだったけど、僕はそれに反論できたし、先生を説得できた。あのとき先生が、ピアノをぶん投げたいような癇癪《かんしゃく》を抑えて話をお変えになったのは、そういうことだ。

僕のためになるとか、ためにならないとか、教師としての判断をお決めになれば問答無用の鬼になられる先生が、僕の主張を認めてくださった。あー……いや、片目をつぶってくださったというていどの認め方かもしれないけど、それにしてもこれは大きな自信だ。

先生がご心配くださっているように、このスキャンダルや僕らの関係が表ざたになれば、下手をすると僕もクラシック音楽界から追放されるなんて憂き目を見るかもしれない。

でも先生とのご縁は切れない。だって破門とは言われなかった。でもって、この心丈夫さがあれば、実際に追放を食らった生島さんみたいに、自分で演奏の場を作り上げて独立独歩での演奏活動をやってく手もある、なんて思える元気が持てる。

だから、僕はだいじょうぶ。

ふと、中身がすっぽ抜けた音を出しているのに気がついた。うん、もう寝よう。

寝室に戻って何気なく時計を見たら、

「あれ、もう二時か」

こっちが午前二時ってことは、ローマは夕方六時。エミリオ先生に電話してから寝ることにした。先生はお留守かもしれないけど、麻美《あさみ》奥様は学校からお帰りになってるころだ。

そして案の定、電話に出たのは奥様で、先生は演奏旅行中とのこと。

《明日は帰っておいやすけど？》

「あー、明日は僕が演奏会で、お電話しそこなうかもしれません。奥様からお伝えいただいてもよろしいですか？」

《かましませんけど、急ぎの用件やったらホテルの番号教えましょうか？》

「いえ、演奏前にお聞かせしたいような話ではありませんので」

そう前置きして話し出した。

「じつは圭がニューヨークでトラブルに巻き込まれまして」

《あらまあ》

という相槌《あいづち》は無視させてもらって話を続けた。

「圭はここ一年ほど、サムソン・ミュージック・エージェンシーのサミュエル社長と契約更新の件で揉《も》めてたんですが、たぶんその絡みだと思います。っていうかサムソンの陰謀って言いたいところなんですが、じつは逮捕されまして。もちろん根も葉もない無実の濡《ぬ》れ衣《ぎぬ》です」

《そら、えらいことやわ》

奥様は呆《あき》れながら苦笑しているような声でおっしゃった。

「それで、逮捕容疑が容疑なんで、報道されるかどうかはわかりませんけど、とにかくその前に先生には事情をご説明しておこうと思いました。ええと、つまり未成年への性犯罪っていうたいへんスキャンダラスな濡れ衣でして」

奥様は絶句され、

《あり得へんわ》

と、ため息混じりにおっしゃった。

「はい。あり得ません」

とお答えして、「ありがとうございます」とつけくわえた。
「でも潔白が公に証明されるまで、世間では興味本位の取りざたをされると思います。先生や奥様も嫌な思いをされるかもしれませんが、もうしわけありません」
《契約更新で揉めたて、お金のこと？》
「いえ、更新するかしないかです。圭はSMEとは縁を切りたがってまして」
《そら徹底的にやられはるわ》
奥様は暗澹《あんたん》とした調子でおっしゃり、僕の背筋も寒くなったけど。
「でも圭は何もやってません。完全に濡れ衣なんです」
《けど逮捕されはったんどすやろ？　被害者がでっち上げられてて、お金に飽かして雇うた弁護士がついてて、サムソンのすることや、判事とかも買収してあるんと違う？　やり口はマフィアと紙一重やと思うえ？》
返事に詰まった僕に、奥様は少しあわてた感じで言い添えた。
《演奏会前にする話やおへんな、堪忍え。明日《あした》は何をお弾きやすの？》
「ブラームスです。コンチェルトを東京フィルと」
《老舗《しにせ》の実力派やわ。お気張りやす》
「はい、がんばります」
《エミリオには言うとくし。福山先生には……》

「もうお話ししました」
《……そう》
「別れろと叱られましたが、破門はされませんでした。ご心配いただいています」
《言うまでもないことやろけど、巻き込まれはったらあきませんえ。やっと芽が出たところやいうのを忘れはらんように》
「重々わかってますし、圭も一番にそれを言ってきました。慎重を期して家も出ています。マスコミに小突き回されるのなんてごめんですから」
《それやったら、まあ……お気張りやす。気持ちがしっかりしといやすみたいやし、演奏が荒れることもおへんやろ。エミリオにもそない言うときます》
「ありがとうございます。意地でも演奏の質は落としません」
《肩の力は抜いたほうがよろしえ》
奥様はそんなアドバイスをつけくわえてくださって、そのふわっと温かい声音が耳に残った。福山先生のお弟子さんだけあって、シビアな叱言《しつげん》もおっしゃる方だけど、僕のことを嫌っていらっしゃるわけじゃないんだな、なんて……いまさらなことを思った。
さて、寝よう。しっかり眠って、明日は精いっぱいの演奏をお客さんたちに聴いてもらおう！

東京オペラシティは、隣接する新国立劇場とおなじく三年前の九七年にオープンした、まだぴかぴかの音楽ホールだ。『タケミツ　メモリアル』の銘を持つ、シューボックス・タイプで客席数一六〇〇余のコンサートホールと、三〇〇席弱のリサイタルホールがあって、コンサートホールにはパイプオルガンが設置されている。またリサイタルホールには残響時間をコントロールする残響可変装置がつけられてるんだそうだ。

最寄り駅は京王新線の初台で、駅を降りて目の前の正面が新国立劇場、その右隣がオペラシティなんだけど、僕らはタクシーで乗りつけた。避難所マンションから桜台駅までは徒歩だと三十分近い距離があるし、池袋と新宿で二回電車を乗り換えなきゃならなくて、マンションから直接タクシーで行っちゃったほうが早いって話になったんだ。

集合時間は十一時だけど、リハーサルは午後二時から。それまでの時間は各自で指慣らしやコンディションの調整に使う。

僕はけっきょく昨夜は二、三時間うとうとしただけだった。おまけに嫌な夢は見るし寝汗はかくしで、寝起きの気分は最悪だったけど、熱いシャワーとしっかりめの朝食で体調はしゃっきりさせられたし、ヤエ姉との電話で励ましをもらって、気持ち的にも気合いは充分だった。

だから、楽員さんたちの集合場所のリハーサルルームに顔出しして、コンサート・マスターの広田《ひろた》さんにあいさつしたとき、僕は、いつもどおりの僕でいたつもりだったんだけど。

「おはようございます！　今日はよろしくお願いします」

そう言った僕の声は、明るく張りきった響きに聞こえたはずなのに……

「おはようございます」

と振り向いた広田さんは、僕の顔を見るなり、引き結んだ唇の両端をきゅっと持ち上げた。

「緊張して眠れんかった？」

それから、からかうような心配顔で、

「目が赤い」

歳は五十七、八か、頼りがいがありそうな恰幅《かっぷく》のよさと温厚な人柄を愛されて、楽員さんから「お父さん」というニックネームをもらっているベテランのコン・マスは、そんなふうに昨夜の呻吟《しんぎん》を見抜いてみせたが、その口調には、緊張のあまり眠れなかった新人ソリストをリラックスさせてやろうという温かみが聞き取れた。

なので、つい口がすべったんだ。

「緊張もしてますけど、家族のことでちょっと心配事が」

「まさか『チチ　キトク』なんて電報が来たとかじゃあるまいね」

冗談めかしつつ半分は本気で心配してくれていたので、

「いえ、違います」

と笑ってみせた。

「当人から、コンサートを無事に終えるまでは忘れておくように、と言われてるていどのトラブルですから」

「それならいいけど。せっかくの《ブラ・コン》が練習のときよりヘタってるようだったら、尻《しり》ペンペンで気合い入れちゃうよ」

「あはっ、だいじょうぶです。半分は気合いの入り過ぎで、よく眠れなかったんで」

「まあ、きみぐらいの歳になってると、メンタルのコントロールにも慣れてきてるよな。僕は初顔合わせの本番前夜は、胃が痛くて寝られないけどね」

そうは見えないんで、

「胃薬、ありますよ？」

と冗談返しのつもりで言ったら、

「持ってる持ってる、売るほど持ってる」

広田さんは腰につけたベルトバッグを、パタパタとたたいてみせた。失礼しました、同病ですか。

「ところで打ち上げは参加できる？」

そういえば、お誘いを受けてたっけ。

「ええと、だいじょうぶです。伺います」

本音を言えば宴会なんて気分じゃないけど、これもつき合いのうちだ。M響の楽員でフジミ仲間の飯田《いいだ》さんによると、楽隊に飲み会はつき物で、一緒に酒も飲まないような人間は信用されないんだそうだ。

「じゃァ裏口に集合な」

「了解です」

指揮は東フィルの常任の勝山徹《かつやまとおる》さんだけど、リハの開始時間に合わせて来られるんだそうな。オーケストラのほかの面々とも「おはようございます」のあいさつを交わし、井上さんと楽屋に向かった。リハまで僕は個室にこもる。

「目、赤いですかね」

廊下を行きながら聞いてみた。朝の身だしなみ行事と出がけの服装チェックで鏡の前には立ったけど、自分では気づかなかったからだ。

井上さんは歩きながら僕の顔をのぞき込んで、

「赤いってほどじゃないです」

と首を振った。さては広田さんの『よく使うコン・マス術』か？

コンサート・マスターは、指揮者とは別の意味で楽員を掌握しておくのが仕事だ。昔、圭はそれを「コン・マスは気配りを利かせる母親役、指揮者はワンマンで統率力のある父親役」みたいな言い方でたとえたけど（強姦《ごうかん》事件のあとだったんで、当時の僕は「フジミの母親役なのは光栄だけど、だからってあんたの女房役なんて言い方をするなら殴る！」なんて調子でやり返したのを覚えてる）、そうした役割を果たすためにコン・マスは、あの手この手の人心掌握術を工夫する。広田さんみたいなベテランのやることは、覚えておいて損はない先輩の知恵だ。もっとも、僕がフジミ以外でコン・マス席に座るチャンスは、当面ありそうにないけど。

唯一それを経験させてもらったブリリアント・オーケストラは、主宰するSMEと圭とが不仲になったせいで、今年も召集されているのかどうかの情報さえ入らない。もちろん、召集されてるとしても、指揮者が圭じゃなければ僕にも声はかからないって関係だから、つまりはもうあの『美男の新進気鋭演奏家ぞろい』が売りの単発オケとは縁が切れたってことだ。

ミスカくんだのロメロだのヘル・エッセルマイヤーだの、面白い連中だったけどねェ。

僕の名札が貼り出してある楽屋に入ると、さっそく指慣らしを始めた。弦を押さえる左手の指たちと、弓を操る右手とが、どっちもなめらかに動いて完璧《かんぺき》な共同作業をやれるための、神経と筋肉の準備運動ではあるけれど、ただ機械的にやっても意味はない。僕が持ってるいい音の中でも、いまから弾こうとしてる曲にふさわしい音色を、一音もはずさずに実現できるように、しっかり耳を澄ませ全身の神経に注意を行き渡らせて、弾き慣れた音階練習を使っての、今日の調子の確認と、必要な心身の調整にいそしむ。

ああ～……まだ昨夜の不安と腹立ちのイライラ感が残ってるなァ。ほらほら、そんな角の立った音じゃだめだ。丸く丸く……って、それじゃ芯《しん》がなくなっただろ!?　しっかりしろよ！

あー待った待った、そこでイラついちゃだめだ。平常心だよ、平常心。深呼吸して、姿勢を取り直そう。脱力から……の前にストレッチだ。あーくそ、肩が凝ってる。血の巡りが悪くなってるんだ。今朝、走っとけばよかった。

肩まわしをやり、念入りなストレッチ体操で全身をできるだけほぐし、自然体の基礎になる脱力を（よし）と思えるまでやって、バイオリンをかまえ直した。もう一度、音階練習の一からやり始めた。

でも昨夜はできてたことが、今日はひどくむずかしい。心の奥っていうか、腹の底っていうか、どっしりと落ち着いていなきゃいけないあたりが、ざわついてどうしようもない。

胃の調子もよくない。今朝はパン食だったのに、食べた米粒が消化不良でつぶつぶのまんま胃に溜《た》まってるような不快感があって、胃薬は飲んだけどまだ消えない。たぶんこれはストレスの感触なんだ。

「守村さん、お弁当が来ましたけど、どうされます？」

井上さんに声をかけられて、まだ音がざらついているバイオリンを下ろした。

「困りました。音がまとまらない」

「そうなんですか？　ちゃんときれいな音に聞こえてますけど」

「澄みきらないんです。にごってる」

「私の耳じゃわかりませんね」

井上さんは軽くいなしてくれて、テーブルの上の仕出し弁当を示してみせた。

「召し上がるならお茶を淹《い》れますけど」

「あー……やめときます。井上さんはどうぞ遠慮なく」

「お茶は？」

「ん～～～……温かいのなら」

部屋にはお茶汲《ちゃく》みセットが置いてあって、お茶っ葉はティーバッグ入りだったけど、

「緑茶、ほうじ茶、紅茶、ウーロン茶に、昆布茶もあります」

井上さんが面白そうに、プラスチック・ケースの中の在庫を披露した。

「えーと、昆布茶がいいかな」

「了解。濃いめにします？　薄め？」

「あー、ふつうで」

と言ったら、

「一番むずかしい」

としかめっ面が返ってきて、笑った。

まだ新しいホールなんで設備も調度もきれいで、ソファは座り心地がよかった。

作ってもらった昆布茶を黙々とすすってたら、井上さんが話しかけてきた。

「お邪魔でしたら出ていますが」

え、と見上げた目と目が合った。

「ご用のときは携帯で呼んでくだされば、すぐまいります」

「井上さんがいるせいで気が散るわけじゃありません」

返しながら、（うん、そうなんだよな）と自分に確かめた。この人は不思議なほどに、場を乱さない。昨日だって昨夜だっていまだって、彼女が一緒にいるってことが気を重くしたりはしていない。むしろ彼女の存在が、不安に尖《とが》ってささくれ立つ神経を抑えてくれているような。

「もしかして忍者の子孫だったりします？」

井上さんは（は？）という感じに目を丸くし、考えるふりをしてから言った。

「聞いたことありませんが、なんで忍者？」

そして目がきらきらっと可笑《おか》しがった。たしかにね、へんな思いつきだ。

「んん〜……忍者って、気配を消して隠れたりするでしょ？　僕はかなりの人見知りなんですけど、昨夜も、同じ屋根の下に女性がいるっていうのに、べつだん気にならなかったし」

「女と思われないことが多いタチではありますね。男兄弟のあいだで育ちましたし」

井上さんはそう笑い、僕はべつの解釈を見つけた。

「僕は女系家族の三姉妹の下の末っ子なんで、そっちが理由かも。井上さんを女らしくないとは思いませんから」

「お姉さま方に似てますか？」

「そういうわけじゃないですけど。似てるっていうなら、母にかな」

言っちゃってから、若い女性には失礼だったかなと思って、何か言いわけをつけくわえよう

としたけど、井上さんは、

「光栄です」

　と笑ってくれた。

「宅ちゃんが言うならNGですけど、守村さんにそう言っていただくのは、任務に成功してる証拠です。一般論ですけど、母親って『自分の味方』の象徴ですよね」

　ああ、鋭い人だな……と思いながらうなずいた。

「母は僕の一番の味方でした。そのせいで早死にしちゃいましたけど」

「ご家族のためなら苦労をいとわない方だったんですね」

　井上さんはそんな言い方で、僕の積年の罪悪感をふわりと包んでみせた。

「ご幼少のころに亡くなられたんですか？」

「いえ、大学二年のときでした」

「じゃァいまの守村さんの片鱗《へんりん》はごらんになって逝《ゆ》かれたんですね」

「いまも父と一緒に見守ってくれてます。パリにも来てました。なんて、そんな気がしただけですけど」

「お父様も？」

「ええ。父のほうは小学生のときでした。五年生のとき」

「うちはどちらも健在ですけど、ときどき母の生霊を感じますよ。宅ちゃんと婚約してからはあらわれませんけど」

「あっは、行き遅れの心配かァ」

「生涯独身って宣言してましたからね。うっかり捕まっちゃいましたけど」

「いいんじゃないかな。パートナーがいるって、幸せなことですよ」

「そのようですね。知り合ったころの宅ちゃんは独身主義で、そこがよくてつき合い始めたんですけど、ボスと仕事するようになってから風向きが変わっていったんですから」

「ええ～？　圭のノロケに影響されたんですか～？」

「あいつはそういうの話しませんから、真相は闇の中ですけどね」

「そうなんですか？」

「言いましたでしょ？　秘密主義ですよ、宅島隼人《はやと》は」

「ああ、そういえば。でも、結婚相手の井上さんにも？」

「人間不信とかじゃなくて、自分のポケットに入れた秘密を黙って守ってるのが楽しい、ってやつなんですから。人が悪いでしょう？」

「あっは、趣味は他人の秘密の蒐集《しゅうしゅう》とか？」

「そんな感じですね」

「僕らには助かる趣味だけど、おなかの中でニヤニヤされてるのは、ちょっといやかも」

「ですよね～っ！　あ、よけいなこと言っちゃいました？」

井上さんが心配そうな顔になったんで、僕は渋面を苦笑に作り変えた。

「口を割らないかぎり無害だって思っときます」

「ああ、それは心配ありません。守銭奴の執着心で秘密を愛してますから」

「毎晩こっそり取り出して数えてたり？」

「たぶん頭の中に秘密ファイルをしまった書類棚があるんです。並べたファイルの数を数えてご満悦っていうのはありかも」

「あっはは、やなやつ〰〰〰っ」

見かけは（服の趣味のせいもあってか）ちゃらっぽいホスト系の宅島くんに、そんな陰謀家みたいな一面があるっていうのは可笑しかった。でもそういえば、僕が週刊誌にへんな記事を書かれたとき、スパイか探偵かって調子の電話をしたりしてたよな。

あ〜、忙しくて忘れてたけど、あの件はけっきょくどうなったんだ？　あの記事だけで沙汰《さた》止《や》みになったのか？　僕は何も聞いてないから、たぶんそうだろうと思うけど……それもあって圭たちは、引っ越せって指令を出してきたのかな。

そんな思いつきが、コンサートを終えるまで忘れておかなきゃいけない事件と、それに関するもろもろを思い出させたところへ、ノックの音がした。

ドキッとなったのは、とっさに（悪いニュースか!?）と考えたからだ。

井上さんがすっと立ち上がって、ドアのところに行った。用心深くドアをあけた。

「どなたでしょうか？」

「こんにちは、山田《やまだ》といいます。守村先生にお会いしたいんですが」

杏奈《あんな》くんの声がはきはきと答えるのが聞こえた。

僕には現在、五人の生徒がいる。邦立《くにたち》音楽大学の専科講師として受け持っている学生たちで、四年生で大学院へ進む予定の由之小路《よしのこうじ》貞光《さだみつ》、三年生の新藤裕美子《しんどうゆみこ》、崎村小太郎《さきむらこたろう》、二年生の神山《こうやま》数馬《かずま》、山田杏奈。

楽屋を訪ねてきた杏奈くんは、天才肌の十九歳で、三歳のころから福山先生の手ほどきを受けてきた鬼師匠の秘蔵《ひぞ》っ子だ。福山先生のレッスンの下稽古《したげいこ》を僕が担当する格好で、大学での実技授業を任されている。

テクニックも音楽性も高い彼女は、高校時代のコンクールで（出来レースとかそういったことらしい）不本意な経験をしたことでスネて、入学当時はやればできることもやらない反抗的な生徒だった。それが小太郎が作った弦楽ポップス・グループの『スカーレット・ムーブ』に参加して、演奏家としてステージに立つ楽しさを見直したらしい。来年のエリザベート王妃国際音楽コンクールに挑戦する予定で、ぐんぐん力を伸ばしてきてる。トレーナー役の僕としても先が楽しみな生徒だ。

その彼女が訪ねてきた理由は、

「リハーサルを見学させてください」

「ああ、うん、かまわないけど。井上さん、コン・マスに紹介して了解取ってもらえますか」

僕はいまそういう雑事に関わりたくない。一時間半後のリハまでに音を立て直せるかどうか心配で、気持ちの余裕なんてこれっぽっちもないんだ。

かしこまりましたと引き受けてくれた井上さんにあとは任せて、僕は練習に戻ったんだけど、気持ちのざわつきが治まらなくて、音もそれなりだった。

杏奈くんが来たことで考え事が増えたせいもある。僕の生徒たちはみんな、圭とも知り合いだ。圭が『スカーレット・ムーブ』のために編曲をしてやってる縁があり、由之小路くんは圭に指揮を習ってる弟子でもある。だから事情を説明してやる必要はあるけど……いつ言う？マスコミに出てしまったら、ということでいいかな。いいんじゃないかな……なんて考え事はあとにしろよ！　と思うのに……

顔を洗ってみた。冷たい水で肌はしゃっきりしたけど、雑念までは洗い流せなかった。

ああ……こんなとき、誰に助けを求めようもない。音に集中できないのは僕の問題で、僕にしか解決できなくて、でもどうやって気持ちを集中させたらいいのかわからない。

座禅でも習っとけばよかったか？　いつもはどうやって集中力を作ってた？　練習の虫みたいにして弾いてきた経験はどうした！　ああっ、音楽の神様、僕はいままでどうやってバイオリンを弾いてきたんでしょう……ブラームス先生、ブラームス先生、あなたの名曲を名門オケと共演できるチャンスなのに、僕は……

いつもだったら気を鎮めるのに効果がある《G線上のアリア》は、今日は弾く気になれない。あれは圭を象徴する曲だから、弾いてるうちに心配で落ち込んでしまうに決まってる。

こんな状態ではぜったいにいい演奏になんかならない、と確信しつつも、リハの時間が刻々と近づくようすを針で示している壁の時計の、容赦ないプレッシャーに追い立てられて、弦に弓をあてた。

（ブラームス先生、こんな体たらくで申しわけありません）と心の中でお詫《わ》びしながら、ほんとうなら本番に向けてわくわくと心が走り出すはずだったコンチェルトの、最後の練習弾きをやり始めた。

弾く以上は、いまの僕が差し出せる最上のものをと願いながら、いつしか、骨太な情熱と精妙なバランス感覚がまさに芸術である、この名曲中の名曲を奏でることに没頭し……ていたことに気がついたのは、二楽章まで弾き終えてふっと息をついた瞬間だった。

あれ……できてたか？　あ～……うん、やれてたな。

「だいじょうぶだ」

と自分に言ってやった。

「だいじょうぶだ、曲にはちゃんと集中できる。だいじょうぶだよ、あはっ」

そう声に出してつぶやいてみた心の中は、涙ぐみそうなほどの安堵《あんど》感《かん》でいっぱいで、思わず笑みがこぼれた。圭、また一つわかった。僕にはブラームス先生がついていてくださる。一所懸命に気持ちを捧《ささ》げて向き合えば、先生は腕を広げて受け止めてくださる。

ありがとうございます、感謝します。バイオリン弾きになってよかった。うれしいです。

リハーサルが始まると呼びに来た井上さんが、顔色が明るくなりましたよと笑った。

第一部は僕の出番はないので、リハの開始前に指揮者の勝山さんにあいさつをしたあと、舞台袖《そで》の控え席で杏奈くんと一緒に聴いてたんだけど。楽員さんたちに、なんとなく落ち着かない雰囲気があるような感じがして気になった。

自分があれこれ気になっているせいでの、考え過ぎかもしれないけど……もしかして事件がニュースに出てしまったとか？　楽屋にはテレビはないと思うけど、朝のワイドショーとかで話題にされてたなら、見てきた人もいるかもしれないし、楽隊内の情報伝播《でんぱ》は迅速だし……

いや、いやいや、考えるな。もしそうだとしても、圭は無実なんだから、僕がビクビクしてちゃだめだ。誰か何か言ってきたら、「あれはでっち上げの冤罪《えんざい》ですから」って堂々と答えればいいだけだ。

うん、気にしちゃだめだ。気にしない、気にしない……

でもそう思うそばから、もしもテレビでやったなら杏奈くんも見たのかな、なんてことが気になり始めて。自分が小心者だってことは知ってたけど、ああ、もう、いやになる……

「先生、知ってる？」

見学に飽きたか、杏奈くんがヒソヒソ話しかけてきて、僕は内心身構えた。圭の話だ、と思ったんだ。

「指揮者の勝山さんって、勝山助教授の旦那さんみたいだよ」

杏奈くんは続け、肩すかしを食った僕はがくっとなりながら聞き返した。

「え、うちのバイオリン科の？」

「そう、安孫子《あびこ》派の。でもって芸大出だから、たぶん福山せんせとも関係あるし」

「ふ～ん、そうなんだ」

っていうか、くわしいね。それとも僕が疎すぎるのか？　大学でのガラの二次会で聞いた、学科内の派閥の話を思い出していたら、

「しくじれませんね～ェ、先生？」

わざとらしくちろっと横目で見上げながら言ってきた杏奈くんに、フンッとやり返した。

「からかうな。ステージはいつだって真剣一発勝負だよ」

「なんちゃってバリマジにピリピリしてたら、カラダ硬くなってそう。特別サービスで肩もみしてあげよっか？」

「いりませんっ。見学に来たんなら、ちゃんと見学しなさい」

「あたしが見学に来たのは、先生のリハだもーん」

そういえば自分から勉強に来たんだよな。コンクールの参考のためか？

「コンチェルトの稽古方法を見たかったんなら、練習日じゃないと意味なかったね。今日のリハーサルは本番前の最終確認だから」

「だって先生、日にち教えてくれなかったじゃない」

「来たかったんなら、聞けばよかったじゃないか」

ああ言えばこう言うやり返しで答えながら、僕のほうが気を利かせるべきだったかなと思った。オーケストラとの合わせ稽古のようすを見学するチャンスなんて、知り合いのツテでもないと手に入らないものだ。生徒たちにふだんはできない勉強をさせてやれる、いい機会だと気がつくべきだった。

杏奈くんが口を閉じてしまえば、こちらから会話を持ちかけたい気分ではなく、黙って座っていると鬱々《うつうつ》とした考え事ばかりが浮かんでくる。

第一部のリハが終わり、本番どおり二十分間の休憩をはさんで僕の出番が来たとき、僕は緊張感を覚える以上にホッとしていた。ステージに出て演奏することに全霊を向けてしまえば、いまも心の奥でささやき続けてる雑念に耳を貸す余裕はなくなるとわかっていたから。

勝山さんが振るオーケストラの前奏に気持ちを乗せて、不安な現実とは切り離したブラームス先生の音楽世界にダイブする瞬間を待ち、成功した。

終わってからコン・マスの広田さんに、本番でガス欠せんでくれよと肩を叩《たた》かれた。リハにしてははりきり過ぎだと心配されたらしい。

適当に流して気力体力を温存することよりも、全力で弾ける自分を確認して自信を作るほうが重要だったので、と……胸の中では反論したけど、口には出さなかった。いまはよけいな会話はしたくない。

杏奈くんは「本番がんばってください」という型どおりのあいさつを言って帰って行き、ほかにも何か言いたそうなようすだったのが気にはなったが、引き留めて話を聞いてやろうなんて思える余裕は僕にはなかった。

リハーサルが終了したのが四時で、開演は六時半。聞きたくない雑音を耳に入れさせられる恐怖から身を守りたくて、出演時間まで誰にも会わずに楽屋にこもると決めた僕を、井上さんは百点満点にガードしてくれた。

ノックにすら脅かされないよう、楽屋のドアの外に椅子を出して座り込み、ガードウーマンを務めてくれたんだ。おかげで僕は、来客があったのかどうかもわからない、完全に耳をふさいだ状況で本番を待てた。

六時前になって着替えを始めるまで、僕はブラームス用と決めてる写真集をながめて過ごした。ほんとはウィーンの観光ガイドブックなんだけど、説明文はドイツ語なんで読めないから写真をながめるだけ。ブラームスのお気に入りの散歩コースだったそうな、ウィーンの森の写真が二葉あって、それが気に入っている。

あの森を圭と二人で散歩したときのことを思い出してしまったんで、むりやり頭を切り替えた。

ヨハネス・ブラームスはドイツのハンブルク生まれの人で、お父さんは市民劇場のコントラバス奏者だった。幼いころからピアノの才能をあらわし、十三歳ごろからレストランや居酒屋でのピアノ演奏で家計を助けていたという。

作曲を始めたのは十歳のころだったが、十八歳ぐらいから自己批判を発揮して過去の作品の大部分を廃棄してしまったそうな。

人づき合いが苦手の無愛想な皮肉屋で、他人の作品をきびしくけなして憎まれることもあったようだ。その反面、散歩に出るときには子どもたちにやるお菓子をポケットに入れてあったりしたらしい。

シューマンやリスト、ブルックナーやワーグナーなんかと同時代の人で、シューマンが亡くなったあとクララ夫人を親身に支え、恋愛感情があったんじゃないかと噂されているのは有名なエピソードだ。そのせいかどうか、けっきょく彼は生涯独身をとおした。

二十九歳の時からウィーンに住んだが、イタリアの明るい風景が好きで、それが作品になったのが、僕も大好きなバイオリン・ソナタ《雨の歌》だ。

これから弾く《バイオリン協奏曲　ニ長調》を書いたのは一八七八年だから、四十五歳のとき。脂が乗りきってたころで、その二年前には、ベートーベンの才能を継ぐ第十交響曲と絶賛された、彼の最初の交響曲《一番》を完成させ、また翌七七年には《交響曲二番》を作曲している。

ブラームスのバイオリン協奏曲は、ベートーベン、メンデルスゾーンのそれと並んで、三大傑作と呼ばれているんだけど、演奏される頻度やCDなんかの売り上げとしては（日本では？）チャイコフスキーとメンデルスゾーンがおそらく両横綱。ブラームスとベートーベンは、音楽性は高いけど玄人《くろうと》受けの地味な作品というあつかいがされているようだ。

まあたしかに、チャイ・コンやメン・コンみたいに、わかりやすい華やかさがある曲じゃないけど、僕としては、弾けば弾くほど味が出る奥の深さに惚《ほ》れてる。一生のあいだに何回弾く機会がもらえるかわからないけど、どんなに数多く演奏したって、きっと一生飽きるなんてことはない曲だ。

昨夜の睡眠不足のツケが来て、ちょっとうとうと居眠りしたりしながら待ち時間を過ごし、六時になったんで燕尾服《えんびふく》に着替えた。

ホールは開場時間になってるけど、お客の入りはどうだろう。無名の新人ソリストにロン・ティボー優勝者っていう金ぴかシールがついて、ちょっとはお客が増えたかな、なんて期待するのはうぬぼれってもんだろうか？

楽屋の外で張り番をしてた井上さんが戻ってきた。六時半……開演時刻だ。

「時間どおり始まりました」

報告調で言った井上さんは、小脇にノートパソコンを抱えてる。宅島くんからメールが来るのを待ってるんだ。もう何か言ってきてるのか、気になるけど聞かない。いまは《ブラ・コン》にだけ気持ちを集中させる。

お茶を淹《い》れてくれたんで飲んで、トイレに行って、ついでに舞台裏からこっそり客席を窺《うかが》ってみたけど、がらがらじゃないってことしかわからなかった。演奏中の客席は暗くしてあるんで、明るいステージ越しではほとんどようすが見えない。

楽屋に戻って、調弦を始めた。自分の出してる音に耳を澄ませて、四本の弦の音程を整えていく作業は、演奏前の当然の準備なんだけど、無念無想の境地にもなることに気がついた。

いや、無念無想って言い方は変か？　音を合わせることだけ考えてるから、一心不乱？

気が済むまでじっくりとピッチを調整して、指の暖機運転に音階練習を弾き始めたところでだった。

「あつっ！」

ピンッと切れたE線が、跳ねて左目の下をかすったんだ。

「うわっちゃ〜、そう来たか」

さっと時計を見て、時間はまだ充分あるのを確かめた。張り替えるのはすぐだけど、調弦がもういっぺんやり直しだ。

「だいじょうぶですか!?」

井上さんのびっくり声に苦笑を返した。

「昨日、張り替えとく予定だったのを忘れてました。E線は細くてとくに切れやすいから、本番前には必ず新品に替えとくんですけどね」

「予備はありますか？」

「ええ、持ってます。必需品ですから。ええと、血が出てます？」

切れた弦が当たったあたりを触ってみた指には、血はついていなかった。

「あー、薄く傷になってますけど、血は出てません」

「蚯蚓腫《みみずば》れで済んだか」

やれやれと苦笑いしながら、バイオリンケースに常備してある替えの弦の中からE線を見つけ出し……一瞬ないかと思ってドキッとした。楽員さんたちはみんな持ってるはずだから、頼んで貸してもらう手はあるけど、使ってるメーカーや種類はそれぞれの好みだから、僕と同じのを持ってる人がいるかどうかは賭《か》けだ。あってよかった！……慣れた作業だから手早く片づけて、f字孔から中をのぞいて魂柱《こんちゅう》にゆがみがないのも確認し、調弦。

時間は？　休憩時間に入ったころかな。あ、廊下がざわざわし始めたみたいだ。あと二十分で出番。

お茶を淹れてもらって、喉《のど》を湿した。軽くストレッチをやって体の緊張をほぐし、弓に丁寧かつ念入りに松脂《まつやに》を塗って、準備ＯＫ。

ノックの音を前触れにステージ・マネージャーが顔を出し、

「お時間です」

と告げた。


その夜の演奏のできばえは、自己採点では『合格』。

もっともぎりぎり合格ってところで、僕の演奏を聴くために貴重な時間とお金を使って来てくれたお客様に対して、全力を尽くせたと胸が張れない出来だったのが無性にくやしい。

ステージに上がる以上、圭の災難が心配でしかたがないという私的な事情は、すっぱり楽屋に置いて出たはずだったのに。愛する桐ノ院圭のパートナーである自分とは一線を画した、一期一会の演奏にこれまでの自分のすべてを懸ける『バイオリニスト守村悠季』として、その覚悟はしっかりと持って舞台に臨んだはずだったのに。いったい、どういう体たらくだよ！　あの煮え切らない《ブラ・コン》は⁉　ブラームス先生にも申しわけが立たない……

わざわざ楽屋においでくださった福山先生のコメントは、

「あの曲にはグァルネリが合っとるな」

というもので、演奏の出来については何もおっしゃらなかったけど、おそらくは武士の情けで言わずにおいてくださったんだ。

その代わり、お供について来た杏奈くんが忌憚《きたん》のない感想を披露した。

「大学のガラの《ブラ・コン》は眠たかった目がぴっかり冴《さ》えちゃったけど、今日は先生、調子悪かったですね」

って、断定調でけろんとさ。

「あんなはずじゃなかったんですけど」

先生に向かって忸怩《じくじ》たる思いで頭をかいた。

「だから肩もみしてあげるって言ったじゃないですか」

あ……力んでたのか、僕は。

「あーちゃんは、ああいう失敗はしないようにね〜。金看板に鼻高々でナメた演奏をしちゃうよりはマシだけどね〜」

福山先生が、最初に聞いたときは啞然《あぜん》となった対杏奈くん特別仕様のあやし口調でおっしゃり、僕はふたたび頭をかいた。

思い上がって高をくくった演奏なんて論外だけど、肩が凝るほど力んでしまってもいけないことを、僕は重々知っていたはずなのに。けっきょくのところは浮き足立ってしまっていた自分が口惜しい。おまけに、自分では平常心でやれてるつもりだったんだから情けない。

自己コントロールのむずかしさを改めて思い知ったことが、今夜のせめてもの収穫だと思おう。明後日《あさって》の『音壺』でのリサイタルでは、この教訓を生かせるようにがんばろう。

客席の入りは六、七割って感じだったと思うけど、楽屋見舞いのお客は多かった。もっとも大半はオケの人たちに会いに来た、東フィルのファンのみなさんだったようだけど。

僕へのお客さんは顔見知りがほとんどで、福山先生ご夫妻のほか、フジミのみなさんに僕の生徒たち、三丁目の家のお隣さんご夫婦、フリー記者の都留島さんも来てくれてた。

「やっぱロン・ティボーで一皮がっつり剝《む》けたっすよ」

なんてことを得意そうなウンチク顔で言ったのは五十嵐くん。その隣から飯田さんが、

「あとは色気だな」

なんてコメントをはさんだ。

「ベートーベンやブラームスは肩肘《かたひじ》を張りがちだが、俺はメン・コンのときの色気を期待してたんだ。守さんの性格なら、もろ出しにしたってべたべたのウッフン節にゃァならねェからさ」

力んで硬くなっちゃってたのがバレてるんだなと思いながら、

「あはっ、課題として伺っときます」

と頭をかいた。

「守村さ～ん、すっごくよかったですよ～ォ！」

「わあ、春山さ～ん、なんか久しぶりですねェ！　仕事、早退《はやび》きしてもらったのかな？」

「コン・マス、コン・マス！　写真いいかい!?　集合、集合、集まって並んで！」

市山《いちやま》イッちゃんの声かけで、フジミご一同との記念写真に収まった。

「そこ、もっと寄って寄って！」

「きゃ〜、もう押しくらまんじゅう！」

「廊下に移動しますか？」

「いいっていいって！　撮るぞ、チーズ！」

「イッちゃん、早いよ」

「んじゃ、もう一枚な。ほれ、バター！」

井上さんがカメラマンを交代して、市山さんもニコちゃんの隣にもぐり込んで、もう一枚。

ニコちゃんが例の件をもう話したのか、まだなのか、みなさんの表情からは窺えなかった。

ニコちゃんも含めて、みんないつもどおりの笑顔でいたし、いつもどおりにぎやかだった。

でも帰りしなに、ニコちゃんが僕にこそっと言ったんだ。

「だいじょうぶだからね。フジミはみんな味方だから」

その目の色で、予想がついた。

「もしかして、テレビにでも？」

ヒソヒソ聞いた僕に、ニコちゃんもヒソヒソ教えてくれた。

「Fテレの朝番組で速報がちょこっとと、Nテレの昼番組で流れたって。そんなに大きなあつかいじゃなかったらしいけど」

「じゃァみなさん……」

「内海《うつみ》くんと斉田《さいた》くんが観たって電話してきて、ほかの人たちにはさっき始まる前に話した。

みんな怒ってたよ」

「そうですか……」

じゃあ、東フィルの人たちもたぶん知ってたんだ。

練習日の最初の顔合わせで、「M響の定期公演で、桐ノ院圭と《シベ・コン》を共演して好評を博した守村くん」だと紹介されたから、みなさん僕と圭は知り合いだってわかってる。

リハーサルのときの、あのなんとなく落ち着かない雰囲気は、気のせいじゃなかったんだ。

でもフジミの人たちは……

「じゃァみなさん、知ってたのに知らん顔で接してくれたんですね」

「イッちゃんが緘口令《かんこうれい》を敷いたんだよ。守村ちゃんが巻き込まれるとたいへんだから、人前ではしゃべらないほうがいいって」

「ありがとうございます。市山さんに、お気遣いに感謝していたと伝えていただけますか？」

「言っとくよ。それとね、明日《あした》は団会議にして、M響に嘆願書を出そうって提案しようと思うんだ」

「嘆願書……ですか」

僕の日ごろの範疇《はんちゅう》にはなかった言葉なんで、口ごもりながらの鸚鵡返《おうむがえ》しになった。

「うん、桐ノ院くんのファンとしてね、『彼の潔白を信じて冷静に推移を見守ってくれ』ってことと、『無実のスキャンダルを理由に常任指揮者をクビにするなんてことはしないでくれ』

っていう二点でどうかと思うんだ」

「ありがとうございますっ」

最敬礼に頭を下げた。

「ボクらにできる応援っていったら、嘆願書とか署名集めぐらいだろうけど、やれることは何でもやるからね。ガンバよ、守村ちゃん、ガンバガンバ」

ぱたぱたと僕の肩を叩《たた》いて力づけてくれたニコちゃんは、満々のファイトに肩をそびやかして帰っていった。

さて、着替えて打ち上げか。

燕尾《えんび》服《ふく》を脱いで、着て来た服を着直すと、外で待っていてくれた井上さんを呼び入れた。脱いだステージ衣装の片づけをやりながら尋ねた。

「ニコちゃんから聞いたんですが、テレビで流れたそうですね」

この人は当然チェックしていたはずだ。

「ええ、残念ながら」

井上さんはテーブルに置いてあったノートパソコンをあけ、僕は首を伸ばして覗《のぞ》き込んだ。

「もしかして録画できてたりします？」

「いえ、まだパソコンではテレビは見られないので、リサーチ結果だけです」

タカタカタカとキイボードをたたいて、僕の動体視力じゃついて行けないスピードでつぎつぎと

画面を切り替え、

「これです」

と手を止めた。

画面に出てるのは一覧表で、縦軸にNとかFとかAとかあるのはテレビ局のことか？　それぞれの横軸には二〇とか三五とか数字が書き込んである。

「ええと、これって」

「局ごとのオンエアされた秒数です。Nテレで二十秒間、ボスに関する話題が流された、というふうに読みます」

「なるほど」

「この四局は、全国的に放送ネットワークを広げているキイ局です」

「つまり新発田《しばた》で見られる局か」

「いまのところMHKは流してません」

「放送された中身はわかりませんか？」

「まだ全部は届いていませんが」

言いながら井上さんはパソコンを操作し、文書画面を呼び出した。

さっそく覗き込んだ。局と番組名と、オンエアされた時刻がタイトル書きになってて、その下にカギカッコで囲んだ短い文章が書き込まれている。なんかシナリオみたいだ。

「もしかして、アナウンサーがしゃべったのを速記したんですかね？」

「録画したものから起こしてると思いますが、ええ、逐語録ですね。しゃべったまんま」

「ええと、誰が？」

「専門の業者がいるんです。情報収集業っていうんでしょうかね。宅ちゃんって、みょうなことに明るいんですよね」

「ふ～ん」

記録は放送された時刻順で、最初のNテレの報道は『指揮者の桐ノ院圭氏が、昨晩ニューヨーク市警に逮捕されました。当人は容疑を否認しています。桐ノ院氏は二十八歳、国際的に活躍している人気指揮者ですが、いったい何があったんでしょうねえ』という内容だった。

僕はその先も読もうとしたんだけど、ノックの音が邪魔をした。

「守村さん？　そろそろ移動しますが」

打ち上げの会場へだ。

「すいません！　すぐ行きます！」

言っちゃってから、井上さんの顔を見た。

「行かれたほうがいいと思います」

井上さんはそううなずいて言い添えた。

「ドタキャンは印象を悪くします」

「ですね。いかにも動揺してるみたいだ」

ドレスバッグは井上さんが持ってくれて、楽屋を出た。廊下で待ってた女の人は、東フィルの事務局員さんだそうな。スタッフ用の出入り口から外へ出た。うっ、寒い。タクシーが一台だけ待ってて、ほかの人たちはもう先に行ったらしい。

「すみません、お待たせしちゃったんですね」

「いいえェ」

女性は助手席に乗り、運転手に新宿駅東口と行き先を告げた。打ち上げ会場は中華レストランらしい。

店に着くと、井上さんは大広間の入り口で「お帰りに合流します」と僕にささやいて消えた。そうか、マネージャーの席まではないもんな。

案内してくれた女性がクロークに連れて行ってくれて、バイオリンを預けた。

さて、楽団の打ち上げはM響で経験済みだけど、それぞれの団体ごとにそれらしい個性があるもので、東フィルの宴会は乾杯までのセレモニーが少し堅苦しく、行儀がいいぶん和やかだった。

僕の席は、楽団の理事長だの三役だののダークスーツのお歴々が居並ぶテーブルに作られていて、指揮者の勝山さんとコン・マスの広田さんのあいだだった。

乾杯が済んで料理が出され始めると、広田さんがさっさと三人分取り分けて配ってくれた。

勝山さんは飲むときは食べないタイプの人らしくて、料理にはろくに手をつけなかったけど、広田さんは「さあ、食うぞ」とうれしそうに宣言したとおりに、パクパクと取り皿を空にし、お代わりもし、僕は広田さんに倣《なら》った。昼食を抜いたんでおなかがすいてたし、広東《カントン》風のメニューはどれも美味《おい》しかったから。

「守村くんはデビューが遅かったんだよな」

闊達《かったつ》に食べつつ、ビールもぐいぐいやりながら、広田さんはおしゃべりにも精力的だ。

「一昨年《おととし》のM響がメジャーの初舞台だって？」

「ええ、そうなりますね」

「国内ではだろ」

勝山さんがそう参加してきた。

「生島高嶺《たかね》のカーネギー・ライブのCDに入ってるし、コマーシャルにも出てたよな」

「ああ、ええ、成り行きで」

「生島との《ツィガーヌ》はえらく元気がよかったが、今夜の演奏からすると本来の持ち味は繊細で清楚《せいそ》って感じだな」

「お聴きいただいたんですか、ありがとうございます。あの《ツィガーヌ》は突発でしたんで、なかばやけくそで」

「へェ？　生島とは親しい仲なんだ？」

広田さんが好奇心満々という顔で言った。

「まあ、そうなりますかね。生島さんがしばらく日本に住んでいたころ、それこそ成り行きだったんですが、僕が食事係をやらされまして」

「ほう。料理が得意なんだ？」

「自炊できるってていどです。生島さんは質より量の人なんで、僕の腕でも間に合ったというか」

なつかしい昔話を語る気分で答えた僕に、広田さんは、

「馴《な》れ初めは？」

と聞いてきた。

「生島さんですか？　桐ノ院くんの友人で、彼のアパートに転がり込んできたのが、馴れ初めといえば馴れ初めですけど」

「そう言やァ、桐ノ院と親しいんだっけ？」

と返されて、（しまった）と思った。話題にするきっかけを与えちゃったよ。しかし、逃げる必要はない。いや、逃げちゃだめだ。ただし言葉は選べよ？

「ええ、オケ仲間です。アマ・オケですけど。もう六年になりますね、つき合いは」

「アマ・オケなんか振ってるのか？」

勝山さんが意外そうに言った。

「桐ノ院くんがM響のサブ・コンだった時代に、常任に来てくれて以来です。賞を獲《と》って忙しくなってからも、マメに来てくれてますよ」

「へぇ！　きみもまだそのオケにいるのかい？」

物好きだねと言いたそうな広田さんに、にっこり笑って答えた。

「彼の指揮でコン・マスを務められる場所はあそこだけなんで」

「ああ、そりゃ」

広田さんは（気持ちはわかる）とうなずこうとしたようだったけど、勝山さんが水を差した。

「それじゃ、今回の騒動は心配だろう」

鼻が上を向いててちょっといやな感じの言い方だったんで、とっさにとぼけた。

「え、騒動って？」

「テレビでやってたが」

「知りません。僕のところにはテレビはないので」

「ハッハ、いまどきめずらしいね！　ぜんぜん観ないのかい⁉」

広田さんはそっちへ話を変えようとしてくれたみたいだったけど、勝山さんが阻止した。

「そりゃ観たほうがいい。公演中のニューヨークで逮捕されたって、ワイドショーで話題になってるんだ」

「ほんとですか⁉　いったいなんで！」

精いっぱいのビックリ芝居は通じたようだ。

勝山さんは椅子の背に反り返るようにして言った。

「あんなみっともないスキャンダルを起こしちゃァ、M響は追放だろうな。ほかのオケだって使わん。やつのキャリアは一巻の終わりだよ。なあ、広田くん？」

この人は圭を嫌ってるんだと気がついた。……もしかして若き彗星《すいせい》への嫉妬《しっと》か？　自分よりずっと年下の圭が、天下のM響の常任の座を手に入れて、世界でも活躍してるから？　スキャンダルで転落するのはいい気味だとか思ってる？

内心ムッカ～ッとなりながら、広田さんはどうなんだろうと見やった。

「まあ、致命的じゃありますねェ」

ぐっとなる返事だったが、広田さんが僕に向けてきた目は気の毒そうに翳《かげ》っていた。

「買春容疑で、おまけに相手は少年だってんだろ？　ホモでショタコン！　モラル以前の大醜聞だ。M響はクビだね」

得々として言い募った勝山さんは、酔っていた。

……だからってなんだ!?　ぶん殴ってやりたい！

「まあまあ、守村くん。きっとなんかの間違いだよ」

広田さんがそう口をはさんでくれなかったら、僕は間違いなく勝山の胸倉をふんづかんでただろう。

「あっちは凶悪事件も多いから、とりあえず逮捕しといて、それから調べるんだ。それなりの証拠を固めてからじゃないと逮捕状が出ない日本とは流儀が違うんだから、あんまりカッカしないほうがいい」

「濡《ぬ》れ衣《ぎぬ》に決まってます！」

僕は勝山さんをにらみつけ、勝山さんはフフンと鼻で笑って言った。

「知らないかもしれんが、桐ノ院はホモだよ。有名な話だ」

それからビール臭い息を吐きかけてきながら、

「それとも、きみはやつの愛人か？　ハッハッハ、そうか、そうなんだろう⁉　じゃなけりゃ、無名のきみがM響のピンチヒッターに大抜擢《だいばってき》されるなんて奇跡は、起きるはずがないよなァ！　守村悠季くんもホモってわけだ」

鬼の首を取ったような得意顔と、意地悪い目つきが、僕を冷静にさせた。

「それがどうかしましたか？」

にっこり笑って言ってやった。

「言いふらしてやる」

と勝山さんは憎々しげに目を据え、僕は本気で噴き出した。

「し、失礼、子どもみたいなことをおっしゃるから」

まがりなりにも目上の相手なんで、笑ってしまった理由を言いわけしたけど、だめだ、可笑《おか》

PPARE

しい！　腹の中の怒りが笑いの泡になって込み上げる。なんて愚劣な指揮者先生だ！

　でも、この先生は名門オケの常任指揮者でいらっしゃり、奥方は邦音バイオリン科の助教授で、しかも福山先生をライバル視している安孫子教授の派閥の一人だ。どんなにはらわたが煮えくり返ったって、この人と喧嘩《けんか》をするわけにはいかない。千歩譲って、こっちが大人になるしかない。

「どうぞ、かまいませんよ」

　僕はせいぜい悲しそうな笑みを演技してやった。

　ゲイは法律違反じゃありませんから、あなたがどんなに言いふらしたって逮捕されるわけじゃない。あなたが感情的にマイノリティを差別する人間だってことを宣伝して歩くことにもなりますけど、あなたは自分の正当性を微塵《みじん》も疑わないんでしょうから、好きにされればいいです。

「ただ一言だけ言わせていただきます。圭が僕を共演者に抜擢したのは、たしかに身びいきがあってのことですが、僕らはあの《シベ・コン》を仕上げるために、いっさい妥協なしの切磋《せっさ》琢磨《たくま》を尽くした。離婚ぎりぎりの喧嘩を重ねながら必死に努力した結果として、おかげさまでああした好評をいただけた演奏を作り上げたんです。そのことだけは、ぜひ偏見抜きにご理解いただきたいです」

「な、生意気な！　生意気を言うな、若造がっ！」

　わめいた勝山氏は無視して、広田さんに顔を向けた。

「東フィルとの共演は光栄でしたし、いい経験ができたと思ってますので、こんな幕引きは残念ですが、これ以上ご不興を買いたくありませんので、僕はお先に失礼します。今回はありがとうございました」

「ああ、いやまあ、いいブラームスだった」

広田さんは困った顔でもぐもぐ言い、僕は、

「すみませんが、あとはよろしいように」

と耳打ちして席を立った。

せいぜい僕や圭の悪口で盛り上がるなりして、微妙になっちゃってる勝山センセイとの関係を修復してください。常任指揮者のご機嫌を損ねては、コン・マスはやりにくいでしょうから。

そして広田さんは大人の分別を発揮した。立ち去る僕は無視して、勝山氏の隣に席を移し、ビールを注ぎ足してやることで、憤懣《ふんまん》やるかたないセンセイ様のご高説の拝聴役にまわった。

僕は理事長と三役たちに退出のあいさつを言ってまわり、宴《うたげ》もたけなわの打ち上げ会場をあとにした。出口まではテーブルのあいだを縫っていくことになったが、気づいた何人かも声をかけてくるでもなく……それがなじみのない客演者へのいつもの反応なのか、何か意趣があっての態度なのかはわからなかった。

いや、トイレにでも行くんだろうと思って気にしなかった、が正解かな。

予定より早く会場を出てしまったんで、合流する予定の井上さんに電話しなきゃと思いなが

ら、クロークに預けたバイオリンを取りにいったら、待合所みたいに椅子が並べてある一角に彼女がいた。

「戻られてたんですね」

「ええ。ここの定食は品数が多くて豪華でしたよ」

「味もよかったですよね」

言いながらポケットを探って、預り証のプラスチック・プレートを見つけ出した。

「お帰りですか？」

「勝山さんとやり合いましてね。あっちが絡んできたんですけど」

「じゃァ、どこかで食べ直しされます？」

「いえ、食べるのはしっかり食べてきましたからだいじょうぶです」

バイオリンを受け取って、エレベーターを待ってたら、後ろから声をかけられた。振り向けば三十代ぐらいの女性が立っていて、

「ビオラの山根《やまね》です」

と握手を求められた。でも、彼女の用件は……

「桐ノ院さんのファンです。信じてますから負けないで、ってお伝えください」

言うだけ言って、そそくさと宴会場に戻っていった彼女は、勇気を振り絞って危険な綱渡りを敢行した気分らしい。

「ありがとうございます」

と後ろ姿にお辞儀を送った。

「Fテレのコメンテーターは、Tカンの公式コメントを読んでくれました」

井上さんが言い、やって来たエレベーターのドアを押さえて僕を通してくれながら続けた。

「根も葉もない冤罪《えんざい》であり、たいへん遺憾だ、といった内容ですが、ゲスト・コメンテーターの安達美紗子《あだちみさこ》……ってご存じですか？」

「いえ」

「女性差別問題が専門の社会学の大学教授なんですけど、彼女がボスのファン宣言をして『プリンス桐ノ院がそんな下品な犯罪をやるわけがない！』って息巻いてみせて、かなり傑作な過激発言をやってくれてます。天才美男子の人気を妬《ねた》んだモテない男連中の陰謀だ、とかですね」

「プッ。なんかそれ、笑っちゃいますよ。天才美男子って、なんか変」

「スタジオ大うけ、とありますね」

「あ、そんなことまで書いてあるんだ？」

ビルを出て、タクシーを拾った。車中で、あのときは読みそこなった報道レポートの続きを見せてもらった。初めのほうの何本かは第一報って感じのあっさりしたあつかいだけど、昼番組や午後のワイドショーではそれなりに話題にされ始めてる。

「う〜ん、これってどう読むべきですかね」

「どう、とは？」

「ふだんテレビを見ないもんで、あつかいが大きいのか小さいのか、わからない」

「私も昼間のテレビなんてめったに見ませんから、いいかげんな印象ですけど、民放の全局が取り上げてるということは、かなり注目されていることになるんだと思います」

「……圭の人気のバロメーターと思っときましょう」

「クラシックの音楽家がワイドショー・ネタになるのって、めずらしいと思いますよ」

センセーショナルな逮捕容疑のせいだろうと思ったけど、言いたくなかったんでべつの返事にした。

「ほかの芸能人とは違って、地味な世界ですよね、そういう意味じゃ」

「失礼、電話です」

ブーッ、ブーッと鳴り始めてたのは、マナーモードの携帯電話だ。

「お待たせいたしました、T&Tカンパニー、井上です」

耳にあてた電話機にそう名乗った井上さんが、

「はい、いらっしゃいます。ただいま代わります」

と答えて僕に電話を寄越しながら、小声で言った。

「福山先生です」

「あ、はい」

楽屋でお会いしたのにと思いながら、電話機を受け取った。

「守村です。さきほどは」

ありがとうございました、まで言わないうちに先生は話し出された。

《おまえ、勝山くんに何を言ったんだ》

はい⁉

「あ、えーとその」

《いま電話がかかってきて、二度と使わんとカンカンだったぞ》

頭を働かせて返事をまとめるために、息を吸い込んで腹に押し込んだ。

「お知り合いでしたか」

あ、いや、

「もしかして先生が推してくださってたんでしょうか？」

僕はてっきり、宅島くんの売り込みのおかげでものにしたチャンスだと思ってたけど。

急いで続けた。

「でしたら申しわけありません。抑えたつもりでしたが、言い過ぎたんでしょうか」

どんなに怒られるかとビビッて膝頭《ひざがしら》が震えてきちゃってるけど、先生にうそはつけない。

《馬鹿もんが！》

案の定そう怒鳴ってこられて、ガミガミお続けになった。

《理由は？　例の件か！》

「はい。勝山先生がいかにも『いい気味だ』というような当てこすりをおっしゃったので、つい反論を」

それだけじゃないけど、いやみったらしくホモ呼ばわりされたことまでは言わないでいいだろう。

《巻き込まれるなと言ったはずだな！》

先生は、おでこの青筋の立ちっぷりが想像できる調子でおっしゃった。

《勝山の人脈は広くはないが、もともとが狭い世界だ。芸大関係には尾ひれのついた話がまわると思っとけ！　まったく、この馬鹿もんが！》

そしてガチャン！

一方通行の信号音になった電話を切って、井上さんに返した。

「勝山さんから苦情電話が行ったそうで、怒られました」

と笑ってみせた。

「東フィルの指揮者の？」

聞き返されて、宴なかばで退出してきた事情をくわしくは話していなかったのに気がついた。

「じつは」

と切り出して、勝山氏とのやり取りを記憶のかぎり事細かに話し、

「ってことなので、東フィルからは二度とお呼びは来ないだろうと思います」

と結んだ。

「芸術家が人格者とは限らないのは知ってますけど、なんだかがっかりしますね」

というコメントに、苦笑を作ってうなずいた。

「それにしても先生の口利きをいただいていたとは気づきませんでした」

「そうなんですか？」

「でしょう。じゃなけりゃ勝山さんから先生に電話なんて」

先生と勝山氏の年配からすると、芸大の同期か後輩か……「俺の弟子がやっとデビューしたんだ、きみのところでも一度使ってみてくれんか」とでもいった言い方で推薦してくださっていたんじゃないだろうか。

東フィルと共演する話は、僕がM響と《シベ・コン》を演《や》ったあと、先生からロン・ティボーへの挑戦を命じられる前に来ていて、つまり先生はひそかに無名の弟子の後押しを画策してくださっていた。

僕は、先生のせっかくのご支援をぶち壊しにしたわけで……でも後悔はしない。

先生には申しわけないことをしてしまったけど、あれは僕にはゆずれない一線だった。ほんとだったら、あんたとは二度と共演しません、ぐらいのことを言ってやりたかったんだ。後悔

なんてするもんか。

ざわめく心にそうけりをつけて、ふと携帯電話の電源を切ったままなのを思い出した。ウェストポーチから取り出して、電源スイッチを入れた。待ち受け画面があらわれるのを待って、やっぱり出ていた不在着信のマークを操作した。

出てきた画面は、僕が期待したのとは違う着信記録で埋まってた。『実家　芙美子《ふみこ》』の表示が、画面いっぱいにずらっと……

思わずため息をつきながら、ここはどのあたりだろうと窓の外を見やった。タクシーは片側三車線の大きな道路を走っているけど、現在地の見当はまるでつかなかったので、井上さんに聞いてみた。

「マンションまで、あとどれくらいですかね」

井上さんは運転手に質問を取り次ぎ、十分ぐらいだろうという返事をもらった。

「じゃあ、姉さんにはあと十分待ってもらおう」

口の中でつぶやいた矢先に、手の中の電話機が震え出した。見れば、画面にフミ姉の番号が出てる。

「やれやれ……あとちょっと待ってくれって」

ぼやきながらも、出ないわけにはいかなくて通話ボタンを押した。

「もしもし」

《やっと出た！　なー（あんた）何しったの！》
言ううちにヒステリックな涙声になったフミ姉に、
「わーり。演奏会中だったんで、電源切ってたんさ」
という言いわけは聞こえたのかどうか。
《テレビはどっこもあん人の話で持ちきりでさ、もう恥《しょ》しで村ん中歩けねねっけ！　いったいなんであんげことさせたんね！》
「ヤエ姉から聞いてない？　あれは濡《ぬ》れ衣《ぎぬ》だから気にしねでくれって、朝のうちに」
《聞いたろもや！　あんげどこでもそこでも放送してちゃ、親戚《しんせき》も近所も学校の先生たちもみんな知ってしもて！》
「だっけさ、何か聞かれたときの言いわけも教えといたろ？　桐ノ院くんは弟の友人で、家に来たこともあんろも深いつき合いはねって。そう言って、あとは『なんも知りません』で口をつぐんどけばいいって、ヤエ姉にはちゃんと言っといたんろもさあ」
《だろもあん人は、あんたの大事な、と、友達らろ⁉　うちにも二度も来てっし、取材とか来たら姉ちゃんは嘘は言えねっけ！》
「言えてるよ、フミ姉。東京にいる弟の友達だってこと以外、なんも知らねって、その一点張りでいいんだって」
《おめはそんなふうに簡単に言うろも、おれは、おれはっ》

すっかりパニックしてしまっていて話にならない。

「そこに義兄《にい》さんはいる？」

と聞いたら、

《言えるわけねって、前にも言ったろ！》

と金切り声が返ってきた。

「違《ちご》てば、その話じゃねえてさ」

《だったら何さ⁉　あん人があんげなまらでっけニュースになってしもて、おめらっていっつ吊《つ》るし上げられっか》

「いっけちょっと落ち着けって！」

フミ姉に怒鳴ったのなんて、小学生ぐらいの姉弟喧嘩《きょうだいげんか》以来だけど、とにかく義兄と話す必要があった。

「あのことは言わねで、今回の件の説明をするだけだっけ！　義兄さんと代わってくれないか」

《でも！》

「いっけ代われって！」

プツッと、姉さんは電話を切った。

「あ〜も〜っ」

こっちもいったん切って、電話帳画面を呼び出し、盛貞《もりさだ》義兄さんの携帯番号を見つけて発信ボタンを押した。うっ、何時だ？　あいや〜、もう十一時前だ、義兄さん寝てるか？　ただでさえ農家の朝は早いし、農協へ勤めにも出てる人だ。
コール音が止んで《もしもし》と応答してきた声は、心配どおり眠たそうにぼやけてた。
「こんばんは、悠季です。遅い時間にすいません、起こしましたか？」
《いや、テレビ見ながらうとうとしてた》
義兄さんの声はおだやかで、でも（知ってるな）と思った。そして案の定、
《この時間にはやってねェようらろも、芙美子がしかもかおろおろしてたっけ。電話が行ったろ？》
「はい。今夜は演奏会だったんで携帯を切ってたんですが、十本ぐらい入ってました」
《ええ騒ぎになっとるようらろも、悠季くんはだいじょうぶらけ？》
「はい、僕のほうは。今朝、八重子《やえこ》姉さんには『でっち上げの濡れ衣だから』と一報を入れといたんですが、芙美子姉さんはパニックしちゃってますね」
《俺はまだ見てねんろも、テレビじゃなんて言ってんだ？　芙美子は言わねェし、ヤエちゃんにも口止めしとるみてれなァ》
「あ、そうなんですか？　僕はてっきりご存じかと」
《いや、知んね。芙美子が言うとる『あん人』ちゅうのは、桐ノ院くんのことみてだろも》

ああ、そっからですか。
僕は説明に取りかかり、話が長くなったせいで電話を終えないうちにマンションに着いた。歩きながらしゃべり続けて、エレベーターに乗ったら電波が遮断されて通話が切れてしまったので、部屋に着いてからかけ直した。
「失礼しました、エレベーターに乗ったら切れちゃって」
《なんな、まだ外け？》
「いえ、帰り着いたところです。桜台のマンションに一時避難してまして」
《そんげに取材が来てるんけー》
「来られるといやなんで逃げ出してるんです。僕がテレビに映ったりしたら、姉さんが泡吹いてひっくり返る」
《ハハハ》
義兄さんは笑って賛意を表明した。
《それにしても災難らなあ、おめさんも桐ノ院くんも》
「ご心配をおかけしてすみません」
《やんや、それはかまわねろも。したら、新発田へ呼ぶのは待ったほうがいいけえ？　農協青年部が、おめさんの凱旋《がいせん》コンサートをぶちてェて張りきってるんだろも》
「そうなんですか？　うれしいなァ」

生徒会長たちかと、日コン三位の凱旋リサイタルをやらせてくれた高校時代の同級生の顔をなつかしく思い浮かべた。

「打診をもらえれば日程調整は……あ、いや、しばらくは無理かもしれません」

《桐ノ院くんは気の毒だろも、こっちじゃ知られてねェ人らし、悠季くんの親友だってのも、わかってんのは青年部とうちぐれだっけ、俺は気にしねェでよかろうと思うんだろも》

「あは、それはそうなんですけど。日程の相談をするにも、T&Tはしばらくは桐ノ院くんのことで手いっぱいだと思うんで……あ、T&Tっていうのは僕たちのマネージメント事務所です。僕は来年までは、ロン・ティボーのほうで組んでくれる演奏会を優先しなきゃいけない立場なもんで、スケジュールの突き合わせとかが……」

いや、待てよ。井上さんがやれるんじゃないのか？　そう思いついて、訂正を言おうとしたところへだった。

《裁判の応援にも行くんろ？　アメリカじゃァさすがに桐ノ院くんも心細せろうしなァ》

ドキッとしたのは、僕らの仲を感づかれてるような気がしたからだ。いやいや、だいじょうぶなはずだ。ちゃんと「桐ノ院くん」って呼び方で通してるし。

「弁護士もマネージャーもついてますし、心配しないでいいと本人も言ってますけど」

もしも長引くようなら、もちろん会いに行ってやりたい。けど……

《悠季くんは大学の勤めもあっしなァ》

言われて、返した。

「ええ、学年末の試験が迫ってますし、春休み中は副賞のツアーが」

ううっ、アメリカには行けない理由のオンパレードだ。

「ええと、ともかく、話がまとまりそうなら電話をくれと、生徒会長……じゃなかった村上《むらかみ》くんに伝えてもらえますか？　家の電話のほうにかけてくれれば井上マネージャーに通じますので」

《ああ、言っとくわ》

「それと芙美子姉さんに、あんまり大騒ぎしないように言ってやってください。心配しないでも、守村の家に迷惑がかかるようなことにはしないからって」

《芙美子は情が深っけ、小《ち》いせことでも気にしてくよくよ悩むんだわ》

義兄さんは苦笑しているらしい声音で言って、

《ああやって騒いでるうちはだいじょうぶだっけ、心配しねでいっけ》

とつけくわえてくれた。

「ありがとうございます。ヤエ姉じゃ宥《なだ》めきれないみたいなんで、よろしくお願いします」

と頼んで電話を切った。

さァて、今夜はこれでひと段落かな。……くたびれた。風呂《ふろ》に入って寝よう。

着替え用のパジャマとパンツを抱えて、バスルームに向かった。電気がついてないから使用中じゃないなと思いながら、バスルームの手前の井上さんが仕事スペースにしてるT&Tの仮事務所のドアをノックしたのは、電話中らしい話し声が気になったからだ。内容までは聞こえないけど、興奮した調子の大声で何か言ってる。

ノックへの返事はなかったけど、遠慮しいしいドアをあけてみたとたん、

「信じらんない！」

と耳に飛び込んできた。

「あり得ないでしょ⁉　なによそれ！」

怒鳴るように言った井上さんが、ぎょっとしたようにこっちを振り返り、目が合った。

ノートパソコンの前に座った彼女は、何かのオペレーターって感じにマイクつきのヘッドホンを着けていて、そのせいでノックの音は聞こえなかったらしい。

「宅ちゃん、切るわ。守村さんにバレた」

言って井上さんはヘッドホンをはずし、デスクの横の椅子を手で示した。

「なにがあったんです？」

とりあえず腰を下ろしながら促した。

「頭に来ることですっ」

井上さんは激昂《げっこう》治まらずといった調子で吐き捨て、デスクに置いてあったペットボトルの水をぐいぐい飲んでから、改めて僕に目を向けた。

「落ち着いて聞いてください」

「あ、はい」

「弁護士が逃げました」

「……は？」

「雇ってあった弁護士が、尻尾《しっぽ》を巻いて逃げたんです」

「……え」

「高《た》っかい顧問料取っておいて、相手がサムソンだとわかったら逃げちゃったんですよ！　これだからエリート連中は信用できないんですっ、ンっとに腰抜けのフニャチン野郎！」

「あー……」

僕がコメントに詰まったのは、いつもは品格ある言動をしてる彼女らしからない罵言《ばげん》に、虚を衝《つ》かれたからでもあるけれど。

「ええと、そんなこと、あるんですか」

弁護士が依頼人を見捨ててリタイア、なんてことが……

「一流の弁護士事務所だからって、宅ちゃんは安心してたみたいですけど。もしも後釜《あとがま》が見つからなくて国選弁護士しか使えないようなことになったら、ボスはものすごく不利になる」

「ええと、それって……」

「いまくわしく報告してもだいじょうぶですか？」

言われて、自分が震えているのに気がついた。

「だいじょうぶです」

とうなずいた。

この震えは不安や恐怖じゃなく、怒りのそれだから。わかっていることはすべて聞いておかなきゃ。


「まず保釈請求についてですけど、百二十万ドルと出まして、ボスは却下しました」

保釈金が一億二千万円……でも用意できないお金だろうか？　なんで却下なんだい？

「ボスの容疑は、常習ではない初犯あつかいということで第二級犯罪となり、有罪になった場合、最高で懲役四年の刑になります」

「四年……！」

「同様の犯罪をくり返していたとして第一級犯罪に切り替えられた場合、最高は懲役七年。ニューヨーク州刑務所での服役となります」

「……うっそだろ〜〜〜〜」

「むろん社会的なダメージも大きいです。あちらでは性犯罪者は再犯防止のため、警察の公開リストで実名が公表されます。一生、汚名がついてまわるということで、ボスの場合ですと釈放後、アメリカへの入国は規制されると思います」

「で、でも、圭は無実だ！」

「問題は、濡《ぬ》れ衣《ぎぬ》を晴らせるかどうかです。犯罪事実を証明するのは捜査権がある検事の仕事ですが、それを論破して陪審員に無罪評決を出させるのは弁護士の腕しだい」

「その弁護士が……逃げた」

「サムソンに手をまわされたんだと宅ちゃんは言ってます」

「それって、脅しとか」

「あるいは買収ですね。もしくは万全の証拠固めをされてしまっていて、勝ち目がないと判断されたか」

「そんなわけない！　圭は何もやってないのに、どうやって証拠固めなんか！」

「最初っから罠《わな》なんですから、それなりの仕掛けができてるんですよ」

井上さんは冷たく言ってくれて、絶句した僕の目つきに無理やりって感じで表情をゆるめた。

「もちろんボスも宅ちゃんもあきらめてなんかいません。同点試合の九回裏、無死満塁のピンチじゃありますけど、乗り切って逆転勝利に持っていくために全力を尽くしてます。

ただ守村さんには、最悪の可能性を知っておいていただく必要があると思いました。ボスは言うなと言ったそうですけど、宅ちゃんも私も、守村さんには話しておくべきだと」

「うん、話してくれて正解。僕はそんなふうにはちっとも……わかってなかった、のんき過ぎたっ！」

ああ、体が震える……怒りと不安と、こんな理不尽な苦しみを負わされてる圭への、いますぐ飛んでいって抱きしめてやりたい気持ちとで！
「向こうは昼間だよね、宅島くんと電話がつながる？」
「ええ」
井上さんがダイヤルして渡してくれた電話機を受け取った。
《ハロー》
と出てきた宅島くんに言った。
「話は聞いた。主に面会はできる？」
《親方、明後日《あさって》は『音壺』の》
「きみがだよ、伝言を持っていってほしいんだ」
《アイ・サー》
「愛してるって伝えてくれ。それと、電話できるならかけてくれって」
《あー、それは》
「無理？」
《留置場から電話できるのは一回きりで》
「あ、じゃァ昨夜ので……」
その権利は使い終わっちゃったわけ？
《保釈になれば、ニューヨーク市を出ないかぎり電話も自由なんですが》

「断ったんだって？」
《作戦だそうですが、中身は教えてくれやがらないんです》
「圭ってかなりの陰謀家だから、何か考えついたんだろ。協力してやってください」
《もちろんっす》
「代わりの弁護士は見つかりそう？　言ったかな、生島さんの弟に弁護士がいるって」
《いや、聞いてないす》
「生島さんのことだから、聞いたら大笑いするかもしれないけど、からかわれたって実を取れだ。相談してみてくれないかな」
《了解です》
「僕のほうはだいじょうぶだから。コンサートはちゃんとやれたし、フジミの人たちも福山先生も実家の義兄たちも、みんな心配してくれてる。ニコちゃんが、桐ノ院ファンとしてM響に嘆願書を出すって言ってた。あと、こっちのニュースは……」
言ったら心配させるかな。でも、言っちゃえ。
「東フィルの指揮者の勝山氏に絡まれたけど、ぶん殴りはしないで平和的に決裂したんで、褒めてくれって言っといて。
圭はM響をクビになるとか、もうおしまいだとか、おまえもホモだろうとか、いやみったらしく当てこすってきやがったんで、僕らの《シベ・コン》については偏見なしで評価してくれ、って言ってやったんだ。コンサートは終わってからの打ち上げの席でさ。演奏のできは悪くはなかったんだけどね。まあ、その点は向こうもプロでよかったよ。そのあと勝山氏が福山先生に電話してきて、僕のことは二度と使わんってカンカンだったそうだけど、こっちのセリフだよ。ほんと頭きた。

こっちからの報告事項はそれぐらい。何かあったら、まめに連絡してくれるとうれしい。あ、それと、隠さないで教えてくれてありがとうね。今後ともよろしくお願いします」

《了解しました。それじゃ》

「うん、また。圭によろしく」

《了解です》

その晩、僕は圭の写真を抱いて寝た。

印画紙の虚像をいくら肌で温めたって、そんなのは少女趣味のおまじないごっこみたいなもんだってわかってるけど、少しでも彼の支えになってやりたかった。気は心で、太平洋と北アメリカ大陸越しにでも、何か伝わるものがあるかもしれないじゃないか。

そして……写真を抱いて寝たおかげだって信じるのは、二十八歳の男としては気恥ずかしいものがあるけど……圭と会って話をする夢を見た。

鉄格子が壁代わりに嵌《は》まった、人間用の檻《おり》って感じの部屋の中に圭がいる。

正装の燕尾服《えんびふく》のまんま硬そうなベッドに寝転がって、なにを考えてるのか、じっと天井を見上げてる。留置場の中なのに、両手は手錠でつながれてる。

「やあ。来たよ」

と声をかけると、驚いた表情でこっちを振り返り、半信半疑って顔になりながらゆっくりと起き上がった。

「悠季?」

「うん、僕だ。でも夢だけどね」

「ああ……なるほど。それ以外あり得ませんね」

ベッドに腰かけた圭は、燕尾服はしわだらけだし、シャツの襟は垢染《あか》みてるし、洗面もさせてもらえないのか無精ひげの顔には脂が浮いてたけど、ちゃんとハンサムだ。

僕は圭の隣に腰を下ろして、肩を丸めて座っている圭の背中に腕をまわした。着たきりすずめの汗臭さに混じって、ブルガリのコロンの残り香がかすかに匂う。

「でも会えた。留置場ってどんなところか、想像がつかなくって心配だった。檻って感じだけど、個室なんだ?」

「快適さを求められる施設ではありませんが、いちおう清潔ではあります」

「寒くない? 食事はまとも? 明後日『音壺』でのお礼リサイタルを済ませたら、ようすを見に来るよ」

「火曜と水曜に生徒諸君のレッスンがあるでしょう」

「……パスしたら、ひどいかな」

「教師の責任は果たされませんと」

「でも、きみが心配だ」

「僕はだいじょうぶですよ」

　そうほほえんだ圭にキスをした。檻の中には僕たち二人だけしかいないけど、檻の外から見張られているんで、深いキスはできなかった。

　唇に唇を押し当て合うだけのキスを何度も何度も交わしながら、僕は「愛してる」とくり返した。警官がそれを見て、圭への容疑を考え直してくれないだろうか、なんて考えながら……

　翌朝は電話で起こされた。M響のチェロ奏者でフジミ団員の飯田さんだった。

《ニュースの件でな、殿下の今期の仕事はオール差し替えと決まったぞ》

　圭が振るはずだった定期コンサートを、ほかの指揮者に差し替えてやるってことだ。

「そうですか。覚悟はしてましたけど」

《真相は？》

「もちろん濡れ衣です。サムソンの陰謀ですよ」

《なるほどね。マフィアはやることが派手だ》

「汚い連中です。それでですね、ニコちゃんが今夜は団会議にすると言ってました。圭のファンの立場で、M響に嘆願書を出す相談をするそうです」
《ああ、妥当だな。俺たちはいまのところ動けないが》
言い止《さ》して、一瞬なにやら沈黙してから、飯田さんは続けた。
《伝聞じゃねェ情報を持ってる立場として、ことの顚末《てんまつ》を説明しに来る気があるかい？》
「ええと、楽員さんたちにですか？」
《理事会に殴り込みをかけるには、まずは仲間内で固まらねェとさ》
「いつでも伺います。明日の午後と夜と、火曜と水曜の午後は予定が入ってますので、それ以外でしたらいつでも」
《どうせなら早いほうがいいよな。今日の夕方、泉岳寺《せんがくじ》まで来られるかい？　五時前ぐらいに》
「わかりました。練習場のロビーあたりにいればいいですか？」
《ああ。事務の女連中の質問攻めに遭うのがいやなら、『サフラン』にいてくれてもいいや。こっちが集まったら電話入れる》
「携帯電話の番号、ご存じでしたっけ」
《ああ、前に聞いたよ。ってか、いまかけてるだろうが》
「あ、そうか。寝起きでちょっと混乱しました」

《おいおい、心配で夜も寝られねェってか？》

からかい口調は、重い話題を軽い雰囲気でしようとする気遣いだった。

「安眠はできてませんねェ」

と笑ってみせた。

《じゃァ目の下クマ連れだな。せいぜい同情票を稼ぐぞ。ガクタイはアタマより気分だからな》

飯田さんも笑ってる声でそんなことを言い、でも真面目に心配してくれている気持ちは伝わってきた。

「ありがとうございます。四時半過ぎには着いてるようにしますので」

《おう。ついでに事務のお姉さん方を味方につけとけ》

「飯田さんみたいに口達者じゃないですよ、僕は」

《口車に乗せて騙《だま》そうってんじゃねェんだから、口の上手い下手は関係ねェさ》

「あはは。じゃァ、またのちほど」

四時半に泉岳寺のＭ響本部に行くには、三時半出発かな。それまでは……

「練習だろ」

自分に言い聞かせて、ベッドから立ち上がった。飯田さんからの電話で起こされたのが八時ちょっと過ぎで、いつもより寝坊している。

窓のカーテンをあけたら、すっきり晴れた上天気の空が見えた。ジョギング日和だ。パジャマをジャージに着替えて、ジョギングシューズを持って部屋を出た。

井上さんがダイニングキッチンのカウンター席で新聞を読んでた。かたわらにマグカップ。

「おはようございます」

「あ、おはようございます」

「朝めし前にちょっと走ってきます」

「は～い、行ってらっしゃい」

その前にトイレと洗面だ。井上さんの後ろを通り過ぎようとして、スツールの上に置いてある新聞の山が目に入った。一番上のはスポーツ新聞で、でもパッと目を引いた大見出しは圭の名前じゃなくてホッとした。

「今朝の新聞ですか？」

「ええ。さっき駅まで行って」

「全紙、買ってきたとか？」

「ボスの記事を載せてるのは五紙です。あつかいはどれもさほど大きくないですけど。お読みになりますか？」

「あー、はい」

中傷記事なんか読みたくないけど、どう書かれてるか知っとかなきゃいけないよな。

僕は、井上さんが教えてくれた記事を読み、案の定に落ち込んだ気分をもてあましながらトイレを済ませて、ジョギングに出かけた。

帰り道が覚えやすいよう目印を頭に入れながら、住宅地のあいだに畑地が混じる道をゆっくりペースで三十分ほど走り、鎮守さんって感じの木立に囲まれた神社があったんで境内に入った。小さな社殿の前で拍手《かしわで》を打って拝礼し、五分ばかり休憩して来た道を取って返した。

五紙のうち三紙は全国紙で、いわゆる三面記事のスペースに外電として、簡単に事件を報じてあった。でも『桐ノ院圭（二十八歳）』と実名で出てたし、M響の常任指揮者という肩書きもつけてあって、『未成年者買春容疑でニューヨーク市警に逮捕された』という書き方は、どう見ても容疑者として有罪って印象で。

残りの二紙はあざといゴシップ記事を得意とするスポーツ新聞で、一紙では買春容疑の相手を『十六歳の美少年らしい』とまことしやかに示唆した、スキャンダラスな書き方がしてあった。

ムカムカしつつ、記憶は消せないで思い返し思い返ししてしまいながらマンションに帰り着くと、僕は井上さんを探して事務所のドアをノックした。

「はーい、どうぞー」

と返事をもらってドアをあけるなり、尋ねた。

「いまごろ気づいて間抜けですけど、圭の容疑は『買春』なんですか？」

逮捕状の正確な内容はまだ聞いてなかったんだけど、

「未成年者との性行為、って話だったんじゃ？」

「ええ」

井上さんはうなずいた。

「ボスが受け取った逮捕状の容疑は、日本で言うなら俗に言う淫行罪《いんこう》……つまりセックスをした相手が未成年者だったので犯罪行為だ、というものでした」

女性にさらっとセックスとか言われると、ちょっと赤面する。

「でも買春って言ったら、アレでしょ？」

「金品と引き換えにセックスを『買う』行為ですね。その相手は『売春』行為をしたことになります」

「ぜんぜん違うじゃないですか！」

「ええ。ですので『買春』と報じたマスコミには、昨夜のうちにT&Tからの公式な抗議文を送ってあります。今朝出たぶんにはこれから対処しますけど」

「なんでそんないいかげんな報道をしてくれちゃったんですか⁉っていうか、そんな出まかせ報道が許されるんですか！」

「宅ちゃんに言わせると、問題はニュース・ソースだそうです。まだアメリカほどシビアではありませんが、日本でもマスコミ報道に対する名誉毀損《きそん》裁判は何件も起こされていて、マスコミ側としても根拠がない話を安易に報道できるような世情ではない」

「つまり、根拠があって言ってるってわけですか⁉　どんな！」

「それを調べます。逮捕状にはない『買春』容疑を最初に報道したのは、ニューヨークの『ザ・デイリー・スター』紙で、そちらについては宅ちゃんが調べています」

アッと思ったのは、その新聞名に覚えがあったから。去年の五月に、圭を攻撃するゴシップ記事を何度も載せたペーパーだ。

「私は、日本国内のマスコミにその誤報が流れ着いたルートと、報道根拠として採用された経緯を調べることになっています。『ザ・デイリー・スター』はニューヨーク市内を中心に売れているいわばローカル紙ですし、そもそもが低俗なゴシップ紙と目されている新聞です。この記事を日本のマスコミが鵜呑《うの》みに報道するのもおかしいですけど、それ以前に情報の伝達が早すぎます」

「誰かが意図的にデイリー・スターの記事を日本のマスコミに流した？」

「大元の見当は改めてつけるまでもありませんが、手先を探さないと。そんなわけで、今日は一日外出します」

「僕も手伝います！」

「宅ちゃんの知り合いの調査会社がもう動いてますので」

「でも何か手伝えることはあるでしょう⁉　怪しいやつに会いに行くとかするんなら、井上さんが一人で行くより、僕も一緒のほうがいいんじゃありませんか？」

「あー……」

井上さんは断り文句を探している顔で僕を眺め、

「ひょろいですし、バイオリンより重いものは持ったことがないように見えるでしょうけど、実家では米袋を担いでましたし、腕ずくの喧嘩《けんか》は無理ですけど何かの役には立てます」

という僕のアピールに、肩をすくめて苦笑した。

「守村さんが小指をくじくより、私が顔を殴られるほうが問題が少ないです。調査の件は私に任せて、明日のリサイタルの準備をなさってください」

それはごく真っ当な忠告だったんだけど。

「無理です」

と言い返した。

「こんな気分で練習室にこもったって、まともな音なんか出せません。G線だってブッブッ切りまくりそうだ。夕方、M響の人たちと会う約束をしたんで、それまで井上さんを手伝います」

「午後は二時から、吉柳さんとのお稽古《けいこ》の予定ですよ」

あ……すっかり忘れてた。

「じゃァ午前中だけでも。手分けしたほうが効率がいいこととか、何かあるでしょう？」

「たぶんマスコミ関係者に会うことになります。守村さんの顔を知られるのは気が進みません」

「あー……なるほど。じゃァ風邪ひいてるふりでマスクして、メガネもサングラスにします。あとつばの広い帽子もかぶって」

「たいへん怪しいです」

井上さんはきっぱり首を横に振ったけど、僕だって圭のために何かしたいんだ！

「じゃあ、僕は僕で動きます。『十六歳の美少年』とか書いてた新聞、あそこの記者に会ってきます。『日刊ＴＯＫＹＯ』でしたね、新聞見れば、どっかに編集部の住所とかあるでしょ」

「いちばん危ない相手のところに乗り込むってことですよ⁉　冗談じゃないわ！　やくざっぽいのでも出てきて怪我でもさせられたらどうするんですか！」

きりきりと目を吊《つ》り上げた井上さんを、僕もびしっとにらみつけた。

「傷害罪を取れて、こっちが有利になるんじゃないですか⁉」

「指だの腕だの折られたら⁉　突き指だって大変なことでしょ、バイオリニストには⁉」

たしかに、それはそうだ。

「じゃあ、僕にできる仕事をください」

致し方なく五百歩ゆずる気分で僕は言い、井上さんはこれ見よがしにハァッとため息をついて、しぶしぶうなずいてみせた。

「私も一人では動きません。知り合いの弁護士と一緒に行くんですが、打ち合わせに同行されますか？」

「ぜひ」

ということで話は決まった。

「ではまず、新聞の切り抜きをお願いできますか？　資料として持っていきます。私はメールをプリントアウトしますので」

「了解です」

「三十分後に出かけます」

わお、じゃ着替えと朝めしも済ませとかなきゃ。


井上さんの大学時代の同期生だという蓮田竜樹《はすだたつき》弁護士とは、歌舞伎町の事務所で落ち合った。場所柄からのイメージで、脂ぎった感じの精力的な人物を想像していたら、細身の神経質そうな人で、言葉つきは丁寧だけど効率優先みたいな簡潔なしゃべり方が「かみそり」って言葉を連想させた。

井上さんは、昨日のテレビ報道の聞き書きや新聞の切り抜き、ニューヨークとやり取りしたメールなんかを見せながら、じつにてきぱきと要領よく事情を説明し、蓮田氏はいくつか質問してから、宅島くんの知り合いの調査会社（写真週刊誌事件のときに世話になった会社らしい）との連絡を求めた。

「ここの電話を使ってもらっていいから」

「あ〜、はいはい。自動的にテル番ゲットする作戦ね」

「能率がいいだろ」

お茶を運んできた女性が二人のやり取りに苦笑してた。

「おはようございます、T&Tカンパニー、宅島隼人の部下の井上と申します。大文字《だいもんじ》社長を……失礼しました、はい、井上元です。いえ、こちらこそ。それで事件については……ああ、そうですか、すでに宅島から……心強いです、よろしくお願いいたします」

先方はもう事情にはくわしいようだ。

「お電話しましたのは、マスコミ関係の交渉人に予定しております蓮田弁護士が、二、三お尋ねしたい件があるということで、彼の事務所からおかけしております。いえ、宅島ではなく私の知人で、学生時代から正義感が強く実行力があり、刑事民事とも手広く経験しているタカ派なのを見込んで私が推薦いたしました。は？　趣味ですか、蓮田くんの？」

アナタ、趣味なに？　と井上さんが目で尋ね、

「弓道と乗馬、社会正義の実現」

という蓮田さんのステキな返事を取り次いだ。

「この電話を渡してよろしいですか？　ありがとうございます、ただいま代わります」

受話器が渡されて、蓮田さんが話し出した。

「はじめまして、東新宿法律事務所の蓮田竜樹と申します。T&Tカンパニーの依頼で、桐ノ院氏の事件についてのマスコミ対策その他を行う予定でいますが、調査にご協力願えると伺いましたので繋《つな》いでもらいました。

お尋ねしたいのは、日本国内でサムソン・ミュージック・エージェンシーと関係の深い企業や団体のうち、マスコミに相当の影響力を持っていて、かつサムソンに対する立場は弱いという連中のお心当たりです。おそらくはFテレ系列だろうと推測していますが」

それからフム、フムと相槌《あいづち》を打ちながら手元のルーズリーフにペンを走らせ、聞き取り終えると言った。

「ありがとうございます、たいへん参考になりました。つきましては今後、情報提供者として僕の作戦会議にご参加いただけるとありがたいのですが。もちろん報酬は……ああ、なるほど。では早々に第一回目の会議を持ちたいと存じますが、今夜のご都合はいかがですか。時間、場所ともそちらに合わせます。

八時ですね、承りました。『花園《はなぞの》』といいますと、銀座五丁目でしたか……ああ、なるほど。では、のちほど」

電話を切ると、蓮田さんはじろっと井上さんを見て言った。

「T&Tのバックには、よっぽどの大物がついてるのか？　報酬の件はいっさい心配しないでいいと言われたぞ」

「宅島くんは、大手ゼネコンの宅島建設の社長の三男で、桐ノ院さんは富士見銀行の頭取の長男だけど、どちらも親からは独立してるわ。大文字氏と宅島くんの関係はおじいさんの時代から で、宅島家のお庭番みたいなものなんですって」

「建設業界の後ろ暗さを表しているな」

「そのおかげで芸能界の暗部にも鼻が利くのよ。この際そっちを優先してちょうだい」

「どうせドブさらいとまではいかんのだろう」

蓮田さんは苦い顔で言い、井上さんがやり返した。

「そうでもないわ。ボスが反撃に成功すれば」

でも、そこまで言って黙ってしまったんで、聞いてみた。

「圭はサミュエル社長に逆ネジをかける気なんですね？」

「壁に耳ありです」

井上さんは真面目な顔で口の前に指を立てた。

「ここには盗聴器はないはずだ」

蓮田さんが言って、僕はいやなぐあいに血が下がるのを感じた。

「まさか、富士見町の家を出たのも……？」

「というふうに考えておいてください」

井上さんはそう笑ってみせて、小声で続けた。

「ボスには何か計画があるみたいなんですが、まだ宅ちゃんも聞かせてもらっていないんです。秘密を守るために、味方にも明かさない用心をしてるんだって、宅ちゃんが」

「じゃあ、詮索《せんさく》するのも話題にするのも、やめといたほうがいいってことですね」

「よっぽどのサプライズ企画らしいな」

蓮田さんが興味なさそうにコメントして、さっきメモ書きしていたルーズリーフを井上さんに押して寄越した。

「ビッグ氏の情報によると、『日刊TOKYO』周辺の相関図はこんなぐあいだ。着目点は、この人物と、この人物。ギャンブル好きで、毎年ラスベガスに出かけるのを自慢にしているそうだ。手を打つ順番としては、こう、こう。大手のほうが、敏感なはずだ」

僕も横から覗《のぞ》き込んだ。電話を聞きながら書き取ったにしては、きっちり清書したような文字が並んでいる。また会社名を囲んだ丸や四角や、関係を示す線や矢印もフリーハンドらしくない端正さで、性格っていうより才能を感じさせた。

「段階踏む？」

「そのほうがいいだろうな」

「じゃあ、まずは瀬踏みね」

井上さんが図を写そうとメモ帳を取り出した。

「持ち出しは禁止だ、覚えていってくれ」

「あなたの記憶力を基準にしないでよ。社名や人名はメモしてもいいでしょ？」

「見せたり落としたりするなよ」

「携帯のシークレット帳なら？　パスワードを入れないとひらけないページ」

「まあ、よかろう」

不本意そうなOKをもらって打ち込みを始めた井上さんの指の動きは、すさまじく速かった。両手の親指を使って見る見る作業を進めていく。

「今夜八時に、銀座五丁目の『花園』ね。クラブかしら？」

えーっ、それやりながらしゃべれるんですか！

「バニーガールがいる店だ。スーツなんか着てくるなよ」

そう返した蓮田さんはパソコンの画面を見ていて、くるっとこっちに向けてみせた液晶モニターには、下着みたいな服装にウサギの耳をつけた女性たちの写真が出ていた。くだんの店の紹介らしい。

「イブニングね、了解。守村さんも来られますか？」

「え？　あ、作戦会議でしたね、はい」

「守村さんはこの服でいいわよね？」

「ああ、金さえあれば男はドレスコード免除だ」

「え、あの、どれくらい持ってけば？」

銀座のクラブなんて、目の玉が飛び出る請求書が出てくるに違いない。思わずおたついた僕に、井上さんが笑って言った。

「支払いは蓮田くんがしますから」

「調査経費として請求するぞ」

「ええ、当然」

「上限は？」

「必要な費用ならワクはなしよ」

「よっぽどの金持ちだな」

「守村さんの音楽家生命を守るためなら、投げ出せるものはすべて投げ出す覚悟なのよね」

言いながら井上さんは、持ち込んだ資料をバインダーにしまい込んで立ち上がり、僕も倣《なら》って腰を上げた。

「それじゃ、また今夜」

え、一緒に行くんじゃなかったのか？

「ボディガードがほしければ電話しろ」

「ありがとう」

部屋を出たのをチャンスに聞いてみた。

「弁護士さんも同行されるんじゃなかったんですか？」

「ああ、ごめんなさい、予定変更です。私だけで行ったほうが、先方に警戒されないでしょうから。今日は瀬踏みのつもりですしね」

「はあ……」

「彼の弁護士バッジが必要になれば、いつでも呼び出せますし」

「……ですか」

僕が心配なのは、やくざっぽいのが出てきたりしたときに、僕じゃ井上さんに守ってもらう立場になってしまうからなんだけど。

年季の入った雑居ビルを出たところで、井上さんが言った。

「それじゃ行ってきますので」

「え、あの僕も」

「行き先は大手の経産新聞ですから。こちらが暴れれば警備員ぐらい出てくるでしょうけど、そんなことはしませんから心配いりません。守村さんはお稽古《けいこ》の準備にお帰りください」

言われてみれば、今日はまだバイオリンに触ってもいないけれど。

「でもまだ十時だから、時間は」

「お気持ちはわかりますけど、ここは冷静になりましょう」

井上さんはそう僕をさえぎった。

「マスコミ対策はT&Tの仕事ですので、私と蓮田に任せていただきます。ここへお連れしたのは、蓮田をご紹介してご安心いただくためです。

ここから先は私たちの仕事です。守村さんは明日のリサイタルの準備に集中してください。江古田にはお供できませんが、だいじょうぶですね?」

「ええ、それは。……でも」

井上さんが苛立《いらだ》ったように鼻を鳴らして、ひたっと僕の目を見つめてきた。

「いいですか、守村さん、頭を冷やしてよく考えてください。優先事項は何ですか? 少なくとも今日のあなたの最優先事項は、明日のリサイタルを成功させることでしょう? それともクラシック・パブでの内輪のミニ・リサイタルなんて、真剣に弾くような舞台じゃないとおっしゃるのなら、ど〜ぞ気が済むまで一日中でも同行なさってください」

いつになく険のある言い方に、へどもどとなりながら言った。

「いや、それはもちろん大事な演奏会で」

「でしたら、バイオリニストであるご自分を優先してください」

わかってる、正論だ。言い返せなくてうつむいた。

「G線まで切りそうなほど気持ちが動揺されているなら、なおさら立て直さなきゃいけないでしょう?」

「わかってますよ!」

思わず怒鳴ってしまって、(しまった)と唇を噛《か》んだ。井上さんのほうが正しいのをわかっていて、荒い声を出すなんて。これじゃ甘ったれの駄々っ子だ。

「でしたら、わざわざ言わせないでください」

静かな口調の叱り言葉が耳に沁《し》みた。

「ツアーでトラブルが起きたとき、お客様の反応は二種類です。パニックになってしまう人と、落ち着いて行動できる人。パニックになった人は足手まといのうえにトラブルを悪化させるので、二重に迷惑します。

宅ちゃんが、ボスからは隠せと言われた情報も、ぜんぶ守村さんに伝えるべきだと判断したのは、恋人だから知る権利があるなんていう甘ったるい話じゃなく、ピンチに負けない『親方』の根性を信頼したからです。宅ちゃんを後悔させないでください」

ああ……僕はそんなに強い人間じゃないんです、なんて弱音は……吐けないよなァ。

「……すみませんでした。……帰ります」

「駅までご一緒します」

「はい」

新宿駅の乗り換え通路で井上さんと別れ、一人で桜台のマンションへ戻る道々、僕は、まだ納得しかねてブツブツと不平を訴えている感情を、なんとかなだめようと手を尽くした。

頭ではわかっているんだ。僕がいまやるべきことは、明日のリサイタルにベストの状態で臨めるように、心身の調子を整える努力だ。

それも昨日の失敗をくり返さないように、『バイオリニスト守村悠季』を可能なかぎり完璧《かんぺき》にチューニングしないといけない。圭の心配も無責任なマスコミへの怒りも忘れて、バイオリンを弾くことだけに一心不乱な、演奏家としての僕に心を切り替えて。

……圭もそれを望んでる。自分のトラブルに僕を巻き込むことを恐れて、だいじょうぶだから心配するなと、電話ではそれしか言わなかった。

そして僕は……そう僕は、どんな事態になっても根性で切り抜けてみせると誓ったはずだ。きみを独りでは闘わせない……と、そうも誓ったけれど、いま僕が闘わなきゃいけない相手は、浮き足立って駄々こねて井上さんに叱られちゃうような、小心者でパニクり屋の自分。

ああ……そうだよ、どうやら本音が見えてきたじゃないか。

僕は、いま起きていることや、これから起ころうとしていることが怖くてたまらないんだ。だから、井上さんと一緒に新聞社やらを駆けまわることで、解決への手を打ってるんだって実感を味わいたかった。何かをしてるって思うことで安心したかったんだ。

でも井上さんが言うとおり、それは僕のやるべきことじゃなく、ただの自己満足。いや、自分ごまかしか？　あー……そうなんだ、僕は昨日の演奏で、演奏家として自分をコントロールするむずかしさを突きつけられて、逃げ腰になってるんだ。

「ハハハ、だめじゃないか。ぜんぜんなってないぞ、おまえ！」

圭が心配だ、事件や僕らの先行きが心配だって、不安なのは事実でしかたがないとも思うけど、それを口実にして、自分が向き合うべき目の前の問題から逃げてるような始末で、なァにが「きみを独りでは闘わせない」だよ。そんな薄っぺらい口先だけの援軍なんて、ちゃんちゃら可笑《おか》しくってへそが茶を沸かすよ！

がんばってはみたんだけど、きみが心配で演奏に身が入らなくって、東フィルも『音壺』もしくじっちゃったよ、なんて情けない報告を圭にするのか⁉　それを聞いた圭がどんな思いをするか、察するに余りあるってもんだろう！

さあさあ、さあ！　たったいま根性を据え直せ！　金看板を背負ってプロの道を歩き出した以上、おまえには、時間を割きチケットを買っておまえの演奏を聴きに来てくれる人たちの、期待に応《こた》える義務がある。おまけに、売り物の金看板は誰のおかげで手に入れた？　おまえを導いてくれた人たち、支えてくれた人たちがいたからで、そうした恩人たちに精いっぱい報いる義務だっておまえにはある。

ついでに言えば、優勝したってことはライバルたちを蹴落《けお》としてきたってことで、その僕がヘタレたことをやってたら、悔し涙を呑《の》んだシャントレーくんやミュリエラたちから、怒りのまわし蹴りでも食らうってもんだ。

だから守村悠季、さあ、しゃんとしろ。ガッツだ、ファイトだ！　ただしむやみと力んじゃったら、昨日の二の舞なわけだけど。

マンションに帰り着いて二時間みっちり、合わせ稽古の準備をやった。よけいな力が入って音が硬くなりがちなのを修正するには時間が足りなくて、出かけたりしなきゃよかったと後悔した。おまけに五時前にはM響に行ってなきゃならない。あああ、失敗したなァ……

待ち合わせ場所の江古田駅に、約束より十分ほど早く着いてしまって、貴重な時間が無駄になることにイラつきながら改札を出たら、吉柳さんのほうが先に来ていた。

でもホッとしたのは、時間を倹約できたからじゃなかった。いつだって頼もしい伴奏者さんの顔を見たとたん、暗雲から日の光が差したような明るい安堵《あんど》感《かん》が、胸に詰まっていた重苦しい焦りを吹き払ってくれたんだ。

吉柳さんがいるからだいじょうぶだ。きっと本番までには間に合わせられる。

「すいません、お待たせしました」

「いえ、間に合ってますよ。バスの本数が少なくて、早めに来ておくか若干遅刻するかの二択なんです」

「じゃァ待ち時間ができちゃうのかな」

「五十五分のに乗れます」

バス停からもだいぶ歩くと聞いてたから、タクシーにしませんかと言いたかったけど、吉柳さんはさっさとバス乗り場に向かっちゃったんで、タイム・ロスはあきらめることにした。

バスは僕らを待っていたように出発し、十五分ほどで目的の停留所に着いた。

「道は単純なんですけど、住宅地で目標に使えるような店とかないんでね、説明するのはむずかしいんです。山田さんちの角を曲がる、って言ったってわかりにくいでしょ？」

ちなみに目印は、りっぱな表札の山田家、南欧風の赤い屋根の家、見事な生け垣のお宅、といったぐあいだった。

道を覚えようと目配りしつつ歩きながら、明日の予定を聞いてみた。

「午後はまるまる空けてありますが、心配な曲がありますか？」

「ぜんぶです」

「はあァ？　どれも守村さんの得意なプログラムじゃないですか」

「じつはですねェ」

僕は昨夜の《ブラ・コン》が不本意な出来だったことを打ち明け、うっかりM響に行く約束を作ってしまったことを話して、明日の午後も稽古《けいこ》を入れさせてほしいと頼んだ。

「二時間の稽古じゃ、とうてい足りないと思うんですよ」

「ふ～ん。僕はかまいませんけどね。あ、ここです。どうぞ」

バス停から五、六分だった吉柳さんの家は、狭いながらも庭付きの一戸建てだった。

玄関を上がってすぐの部屋が、吉柳さんの砦《とりで》である防音室で、広さは六畳ぐらい。中型のグランドピアノが部屋の真ん中を占領している。

「譜面台いりますか？　荷物はそのあたりに適当に。昨夜は仕事で行けなかったんで、どういうぐあいに調子が悪いのか、いっぺん聴かせてもらっていいですか？　伴奏しないでいいのがいいな、バッハの《シャコンヌ》で」

「今日はまだ《シャコンヌ》は弾いてないです」

「じゃあ《ブラ・コン》？」

「はい。だいぶ改善はしたんですけど、まだ硬さが取れなくて。脱力だのストレッチだの、いろいろやってみたんですが」

　そんな言いわけを前置きにして弾き始めた。適度なリラックスと必要な緊張とのバランスが、やっぱりうまくいっていないのを感じながら、第一楽章を終わりまで弾いて弓を下ろした。

「ね？　変なふうに力が入っちゃってるでしょ？」

　とため息をついたら、

「気のせいです」

　と返ってきた。

「いつもどおりの守村さんの音色だし、音運びでギクシャクしたところもないです」

「でも昨夜は」

「そっちは聴いてないからわかりませんが、いまのはべつに問題ないですよ。音が硬いような気がするなら、気にし過ぎでそう聞こえちゃってるんでしょうね」

「いや、でも」

「どっちの耳を信用するかだけど、問題なのは守村さんの精神状態のほうだろうなァ」

すぱっと言われて、ドキッとなった。

「まあ、平然としてるほうがおかしい状況じゃあるでしょうけど。ちゃんと眠れてますか？」

「あー……まあ」

「睡眠薬を使ってみるのも手ですけどね。でも土曜の午後だから、病院はもう閉まってるかな。処方箋《しょほうせん》なしで買える市販薬もあることはあるけど」

「怖いからやめときます」

と却下させてもらったけど、吉柳さんは重ねて勧めてきた。その言い分は……

「ストレスにも、養分になるストレスと、毒にしかならないストレスがあるじゃないですか。毒のほうを溜め込んじゃうとウツになるんだけど、熟睡できれば毒ストレスも解消されていくんですよ。これ、僕の経験です。睡眠って大事なんですよ？　ほんとに」

そして、今夜はとにかくしっかり寝ろと忠告された。

「僕はここしばらく六時間睡眠を守れてますから、耳は確かです。ちゃんと弾けてるのにそう聞こえないのは、守村さんの気のせいです。溜まってるもん出して八時間ばかりぐっすり寝れば、問題は解決します。保証しますよ」

吉柳さんの言い方には説得力があって、信じてみようかと思わされた。

「で、稽古はどうします、やりますか？　僕としてはサウナとマッサージのほうがオススメですけどね」

あはっ、そう言われると、そんな気がして来ちゃうけど。

「サウナって行ったことないです」

「あ、だったら今日はやめといたほうがいいな。僕はサウナ好きですけど、体質的に合わない人もいるから。江古田温泉につれてってあげてもいいんですけど、あそこのマッサージは当たり外れがあるからなァ」

吉柳さんはいい人だし好きだけど、マッパのおつき合いまでは遠慮したかったんで、稽古のほうにさせてもらった。

風呂《ふろ》なしアパート暮らしで銭湯にも慣れて、せいぜい顔見知りってていどの他人の裸なら、男同士ってくくりでべつに平気だけど、吉柳さんみたいに親しい相手とご一緒するとなると……気恥ずかしいというか、気が置けるというか。圭がいやな顔をしそうでもあるしさ。

さて、プログラムのほかの曲についても、吉柳さんは「いつもどおりに弾けている」と太鼓判を捺《お》し、僕もそんな気がしてきてはいたけど、念のため、明日の本番前のリハーサルは十二時半からにくり上げてもらって、時間の余裕が持てるようにした。

バスの時間を見計らって吉柳さんの家を出たのは、四時過ぎ。バイオリンを置きにマンションに寄ってると、飯田さんとの約束に遅れてしまいそうなので、グァルネリは一晩預かってもらうことにした。練習には『くさなぎ』を使えばいいし、泉岳寺のあとは作戦会議もあるんで、わざわざ大事なバイオリンを持って歩きたくない。

M響の楽員さんへの事情説明は、なんとなく不発な感じだった。

集まってくれてたのは三十人ほどで、ぜんぶで百人ぐらいいるはずだから、三分の一。皆さん黙って話は聞いてくれたけど、熱心って雰囲気じゃなかったし、どっちかというと慎重に距離を置こうとしてる感じがした。五十嵐くんや延原《のべはら》さんもいたんだけど、誰からも反応らしい反応もなくて、僕が一方的に知ってることをしゃべっただけ。質問もなく、ほんの二十分ぐらいの楽員集会だった。

「あんなもんでよかったんでしょうかね」

会が終わってから、司会をしてくれた飯田さんに言ってみた。

「三十人ぐらいは来てたからな。まあ、悪くもないってとこだよ」

「でも、なんか皆さん……」

迷惑そうだった、と正直に言ってしまっていいものかどうか。

「反応が薄いのはいつものことさ」

飯田さんは言って、

「フジミとは違う」

と苦笑した。

「労組も、あるだけに近いんだ。まあ、ネコ集めて犬ぞりを引かせようとするようなもんで、まとまらねェのが前提ってとこあるしな」

飯田さんの洒脱《しゃだつ》なしゃべりが、喉《のど》につかえてた遠慮を溶かした。フジミ仲間なんだし。

「巻き添えを食って迷惑してるってのが本音かなと、ちょっと思ったんですけど」

「やつがキャンセルになってか？　まあ迷惑っちゃァ迷惑だが、やつの振りで奏《や》る楽しみがなくなったって意味での不満だな」

「そうそう、ほんっと『桐ノ院の馬っ鹿野郎ー！』だよね」

どっからあらわれたのか、ひょいっと話に参加してきたのは延原さんだ。

「ハリウッド・スターでもロック・スターでもないのに、あんなスキャンダルかまされてさァ。うちの理事会はアタマ固いから、常任解任は間違いないし、客演にだって使わないよ。せっかくいい感じにツーカーになってたのにさァ、どうしてくれんだって、俺は文句を言いたいね」

「だからよ、殿下がしくじったわけじゃねェんだって。説明聞いたろ？」

「聞いたけどさ、こんなハメになんないように、もうちょっと上手く立ち回れなかったのかって、おまえ思わない？」

「思わないね。あいつはそんな器用な男じゃねェだろうが」

「あ〜あ、もう、不器用不器用。敵指定したら正面突破しかやらないじゃん」

「不器用ってより、愛想笑って小細工なんて死んでもやりたくねェってとこだろ」

「プライドだけで生きてけりゃ、誰も苦労はしないんだけどね」

「それにしてもマズいよなァ。どうすんべ？」

「当面は静観するしかないじゃんよ。いまの段階で理事会に楯突《たてつ》こうったって、誰もついて来ないって。みんなクビにはなりたくないしさァ」

「しっかし腹立つなッ！」

飯田さんもこんな言い方をするのかとびっくりしたほど、険しい口調だった。

「自棄酒《やけざけ》しに行くか？」

延原さんの持ちかけに、飯田さんはぐりっと目を剥《む》いた。

「腹が立ち過ぎてて酒も飲みたくねェよっ」

「そりゃ重症だね。日米親善友好条約は破棄の危機かい？」

「バーボンに罪はねェが、ＳＭＥ所属の客演が来たらボイコットだな」

「いいんじゃない？　おまえの席が空くと五十嵐が喜ぶ」

「おまえ、どっちの味方だ？」

「とりあえず事なかれ主義で行っといて、形勢見て寝返る」

「それは日和見《ひよりみ》主義ってんだよ」

「あ、そう？　じゃあ、それね。守村くんはまだいる？　俺、帰るから。どうもどうもお疲れさんでした」

ひらひら手を振って、そういえばマイペースな人だった延原さんは消え、入れ替わるように五十嵐くんが廊下から戻ってきた。でもその顔は、目のまわりも鼻のまわりも真っ赤になって腫《は》れてるようで。

「な、なんだい、どうしたんだい？」

驚いて声をかけた僕の横から、飯田さんが言った。

「おまえさァ、いくらなんでも泣き過ぎだってェの」

あ……と言葉に詰まった僕から、トイレかどこかでさんざん泣いてきたらしい顔を隠すようにうつむいて、五十嵐くんがボソッと言った。

「だって悔し過ぎるっす！」

一小節ほどの短さのそれを言うあいだに、やんでた雨が土砂降りになる感じで涙声になり、息継ぎのブレスはヒィックというしゃくり上げだった。

「と、桐ノ院、さん……俺っ、大尊敬、してて っ……くやしっ……くやし、っすよっ！」

号泣しそうなのを圧《お》し止《とど》めようと、荒い息を喘《あえ》がせながら搾り出した五十嵐くんの真情は、冷静でいようと爆発させずにこらえてきた感情を直撃し、あっという間に涙腺《るいせん》を決壊させた。

「う、うんっ、ほんっと！　くやしいよなっ、くやしいよっ！　喉笛《のどぶえ》に食らいついて、咬《か》み殺してやりたいっ」

力いっぱい抱きしめた五十嵐くんの肩の厚さにすがりついて、僕は、いままで口に出して言い晴らすチャンスがなかった憤懣《ふんまん》をぶちまけた。

「サミュエルの野郎っ、殺すっ。ミランダも地獄に落ちろっ。僕の大事な圭をよくもっ、くっそォ〰〰〰ッ……おまえらなんか人間じゃないっ、ミューズに呪われて死んじまえっ！　圭の顔に塗りやがったドブ泥は、ぜったい千倍返しに叩《たた》き返してやるッ、埋まって死ねェッ」

生まれて初めて「殺す」だの「死ね」だのっていう禁句を声に出した罵《のの》りは、それなりに鬱《うっ》憤《ぷん》を晴らしてくれたけど、毒の強い悪口を舌に載せた苦みは残った。

だから、自分もまだしゃくりあげながらも、心配そうに僕の背中を撫《な》でてくれてる五十嵐くんに言った。

「ん、いまだけ。もう、言わない。汚いこと言ってごめん。外じゃ我慢してたんだけどね」

「だいじょぶっす。……だいじょぶっす」

自分に言うみたいにうなずいた五十嵐くんの肩を、気持ちにけりをつけるためにぽんぽんと叩いて、腕をほどいた。

「ごめんね、つられちゃったよ。泣く予定なんかなかったのにさ」

言いわけしながら両手でごしごし顔をこすって気を取り直した。

「ええと、何時だ？」

「七時からフジミの団会議っすよね」

「うん。でも僕は八時から作戦会議が」

あ、そっちよりフジミに顔を出したほうがいいか？

「作戦会議って？」

飯田さんに聞かれて、説明した。

「こっちのマスコミ対策だと思いますけど、弁護士さんと一緒に情報屋さんに会う約束で」

「誰の仕切りだい」

「T&Tの井上マネージャーです」

「T&T？」

「えっと『T&Tカンパニー』……」

知りません？

「たぶん『宅島&桐ノ院カンパニー』の略で、宅島くんはご存じですよね？　圭のマネージャーの。彼が社長で」

「自前で事務所を作ったのか。いつだ？」

「秋ごろでしょう。僕も、二人で会社を作ってたなんて知らなかった」

「ガードは固めてたってことか」

「……なんですかね」

「ま、協力できそうなことがあったら言ってみてくれ」

「あー、はい。ありがとうございます」

「団会議のほうは俺らが行くから」

「え、いや、僕もそっちに」

「ふだんは虫も殺さねェ顔の守村名誉コン・マスが、『サミュエルぶっ殺す！』って怒り爆発の大号泣をやらかしたなんてスクープは、当人の前じゃ語りにくいやな。なあ、先輩？」

「そっすね」

五十嵐くんが真面目くさって相槌《あいづち》を打ち、僕は赤面。

「ちょっと、やめてくださいよ」

「いやでも」

「まあ、あっちはもともと味方の砦《とりで》だ。任せとけ」

「おまえさんたちの仲は、知ってる連中は知ってるようだし、いまさら寝耳に水みたいに腰抜かすニブチンはそうはいねェだろ」

「でも、知ってるのはニコちゃんと川島さん、春山さんぐらいで。あー、あと女子大生たち」

「そりゃー守さん、ニブ過ぎってもんだろ」

ひっひっひっと飯田さんは腹を抱え、五十嵐くんが困った顔で言った。

「市山さんとか長谷川《はせがわ》さんとか、パパラッチ撃退大作戦で動いたメンバーは、たぶん知ってるっす。斉田さんとかも。あとペット・トリオのお姉さま方は前からだし」

「うっ……そだろ〰〰っ」

めまいがしそうな気分で頭を抱えた。

「水面下じゃとっくに公認カップルだった、てェこった。てんで気がついてなかったってことは、とことん大人のサークルなんだなァ、フジミってのは」

「それもあるっしょうけど、なんせ桐ノ院さんは俺らのヒーローで、守村先輩は」

「ヒロインってか」

「ちがっ！　アイドルっす、アイドル！　ヒーローとアイドルのカップリングだから、納得しやすかったってとこもあるかな、って言いたかったんで！」

「それ少々差別発言くさいぞ。美男美女じゃねェと祝福されねェってみたいでよ」

「美女じゃないですっ」

「ああ、美男・美男な」

「じゃなくって、っす！　人間的にも音楽的にも好きで尊敬できるお二方っすから、でもって真面目に恋愛してるのわかるから、男同士でもいいってことにしようぜって。あ、これ俺の意見じゃなくって、市山イッちゃんたちはそんな見方みたいだって」

「そうなんだァ……」

うつむいたのは、しょげたわけじゃなくて、むしろそんなふうにでも容認してもらえるなんて思ってもみなかったから、うれしかったわけで。でも飯田さんは誤解したみたいだ。

「ま、妥当な落としどころってとこじゃねェか？　年長組の昭和式結婚観を思えばさ」

なんて慰めを言ってくれたんで、

「充分ありがたいです。うれしいです」

と胸の中の思いを言葉にした。

「けどまあ、ホモに慣れてねェみなさんが困った顔なんかしたりしてくれると、おまえさんのガラスのハートはピキッとなるだろうからよ、今夜は俺たちに任せとけや。な？」

「はい」

とうなずいた。

「ありがとうございます」

と頭を下げた。

「いろいろご心配をかけて、ご迷惑も。すみません」

「悪いことしてねェやつがあやまんな」

と叱られた。

「堂々としてろよ、しゃんと胸張ってな」

それは僕が負けないためのアドバイスだった。そうわかったのは、その後いくつかの場面を乗り越えてからのことだったけど。

泉岳寺の駅前で、飯田さん五十嵐くんと別れて（二人はM響御用達《ごようたし》食堂で晩ごはんを済ませるそうな）、地下鉄に乗ったのはまだ六時前。中途半端に時間が空いてしまった。つぎの待ち合わせまでの二時間をどうやってつぶそうか考えあぐねて、とりあえず東銀座で降りた。四丁目に行けば山野楽器があるから、バイオリンや楽譜を眺めて暇つぶしができる。

そういえば、《無伴奏パルティータ 二番》を全曲手に入れる計画は、まだ取りかかりもできていない。第五楽章の《シャコンヌ》は明日も弾かせてもらうけど、第一楽章からぜんぶ弾けるように練習したいんだけどなァ。ああ、バイオリン持ってくればよかった。バイオリンさえあれば、公園でだってどこでだって練習できるのに。

ああ……なんか笑っちゃうな。バイオリン以外、趣味もないんだよな、僕は。暇つぶしに思いつくのが楽器屋ぐらいって、ほんと興味の幅が狭いよなァ。でもこうやって街を歩いても、べつに気を惹《ひ》かれるものもないし。

圭はいろんなものにくわしいよな。それだけ興味の幅が広くって、あれこれ観たり勉強したりしてるんだよな。

あ、画廊がある。圭なら覗《のぞ》いてみるのかな。でも、絵も彫刻も関心がないんだよな、僕は。とか思いながら、通りすがりにショーウィンドーに目を向けた。人形が飾ってあった。つい立ち止まって、しげしげとながめた。

埴輪《はにわ》みたいな古代衣装の男の人形で、リアルな感じのきれいさ……ええと、こういうの……

博多人形って言ったっけ？

ドアの横に看板が出ていて『創作人形展』と書いてあった。人間国宝・秋山《あきやま》……なんて読むんだ？　ウィンドーの中の人形に目を戻した。

弓を突いて立っている若者の、頭には金冠。少し横に振り向けた美貌《びぼう》の切れ長な目が、何かをひたと見つめている。弓のてっぺんには黒い鳥が止まっていて、あ、カラスか。ってことは神武《じんむ》天皇《てんのう》かな？

「ひげがないぞ」

ばあちゃんが読んでくれた絵本の挿絵を思い出した。

ああ、なんかなつかしいなァ。あの本、まだ家にあるんだろうか。ずいぶん古びてページの端が欠けたりしてたけど、日本画調の絵がきれいだった。

ほかにどんな人形があるんだろうと、店の中を覗き込んだ。日本神話がテーマらしい人形たちが数点、棚に並んでいる。

ちょっと見せてもらっちゃおうかな。観るだけだけど、いいよな。

ドアを押して入ると、奥のほうに机があって店番の女性が座ってたけど、僕を見ても声はかけてこなかった。自由に観ていいらしいとホッとした。

小さな画廊だったけど、飾ってある作品は十点ぐらいで少ない。ゆったりと間隔広く置いてあるんで、一つ一つじっくりながめながら一巡した。女性像が多くて、『天照《あまてらす》』や『此花咲也《このはなのさくや》』

『宇受賣《うずめ》』なんてタイトルがついてる。値札が添えてあったのは二点だけで、あとは売約済みか非売品なのか。ついてた値段は百八十万と二百五十万で、ゼロの数え間違いじゃなかった。人間国宝が作った芸術品って、高いんだなァ……

ひととおり観終わって、もう一度観ておきたくなった作品の前に戻った。タイトルは『桂男《かつらおとこ》』で、仏像みたいな（？）衣装を着て月琴を演奏している美青年の人形だ。

う〜ん、これ、いいなァ……愛おしそうに楽器を抱えた手つきとか、自分の音色に無心に耳を凝らしながら弾いてるらしい表情とかが、心の琴線に触れてくるっていうか……圭にも見せてやりたいな。でも値札がついてないし、どのみち僕に買える値段じゃないだろう。

「お気に召しましたか？」

と声をかけられて、「はい」とうなずいた。非売品だから気が楽だ。

「月琴の音色が聞こえてきそうな感じですね」

なんて感想は気障《きざ》だったかな。

話しかけてきたのは店番の女性だけど、すっきりと着こなした和服姿に品があって、この画廊の女主人といった人なのかもしれなかった。歳は六十を越えてそうだけど、きれいな人だ。

「秋山先生のお気に入りの作品で、ふだんはご自宅の、丸窓から月影が差すお床の間に置いておられるそうです」

「へえ〜……月のいい晩には爪弾《つまび》きが漏れ聞こえたりなんかしたら、すてきですね」

「芸術畑の方ですか？」

「あ、僕ですか？　演奏家の端くれです。バイオリンですけど」

「そうですか。このお人形を好まれる方には、不思議と音楽家さんが多いですねェ」

「楽器を演奏する人間の気持ちが、いい感じに表れてるからじゃないですかね。っていうか、いい演奏ができてるときの表情？　僕もこんなふうに弾けてたらいいけどなァ」

「お茶を淹《い》れますので、ごゆっくりなさっていってください」

「ああ、いえ。もう失礼します」

まだ時間はあるけど、おしゃべりをしたい気分じゃない。

「この人形展は、いつまでですか？」

「明日までになっております」

「そうですか……」

残念。圭が帰ってくるまでやってれば、見せにつれて来たのに。

「ありがとうございました。いいものを拝見しました」

「またお越しください」

出口の横の小机にパンフレットが置いてあったんで、一枚もらって店を出た。三つ折りのパンフの中のページに『桂男』のカラー写真があって、気をよくした。取っておいて圭に見せてやろう。作家の秋山氏は鎌倉在住らしい。

画廊を出てから時計を見たら、まだやっと七時だった。あと一時間もある。山野楽器はもう閉店しちゃったよな。昼抜きで出歩いてたわりにはおなかは減ってないけど、軽く食事でもするか？　このへんの店は高そうだし、腹ぐあいは立ち食いそばでいいぐらいの感じ。食欲がないのはいい兆候じゃないけど、食べてないわけじゃないからだいじょうぶだろう。暇つぶしに新橋まで歩いて、ガード下のそば屋にでも行こうか。

そんな算段でぶらぶら歩き始めたところで、大通りの向こう側の歩道を小走りで行く女性に気がついた。

「あれ？　井上さんじゃないか？」

何を急いでいるんだか、ジョギング並みのスピードで新橋方面に向かっていくコート姿は、井上さんに間違いないようだ。

追いかけることにした。何があったのか見当もつかないが、あの駆けっぷりからすると、よっぽどの緊急事態に違いない。

土曜の夜にしては歩行者はまばらで、走るのは楽だった。信号を三つ越えたところで、やっと追い越せたんで、つぎの信号まで行って道を渡った。井上さんは僕には気づかずに、赤信号を無視して先を急ぎ、僕はさらにワンブロック追いかけて角を曲がったところで追いついた。

「井上さん！　井上さん!?　何事ですか！」

声をかけたら、井上さんはキャッという感じで振り返り、荒い息を吐き吐き、

「あーもー、なんで⁉」

と僕をにらんだ。

「走っていくのを見かけたんで、とりあえず追いかけてきたんですけど」

「困ります！」

と叫ばれて、そう言われてもと頭をかいた拍子に、二、三軒先のビルの窓看板が目に入った。

皓々《こうこう》と明るい窓に浮かび上がった貼り付け文字は、『日刊ＴＯＫＹＯスポーツ新聞』。

カァッと腹の中が熱くなったのは、今朝の怒りがよみがえったせいだ。

「ここが本社？」

「知りませんっ」

「そうみたいですね。まだ人がいるみたいだから、いいかげんな記事を書くなって抗議してこよう」

ビルに向かって歩き出そうとしたら、

「待ってください」

と腕をつかまれた。

「ひとこと言ってやるだけです」

「私が行きますので」

「僕が一緒だと困る？」

「ええ。困ります」

「じゃァ僕は出直します。場所はわかったから、明後日《あさって》にでも」

「……わかりました」

呻《うめ》くように言って、井上さんはきりりと表情を切り換えた。

「一緒に来ていただいてけっこうですが、守村さんは『名乗らない』『名刺も出さない』『しゃべらない』。いいですね、守ってくださいよ？」

「了解」

とうなずいた。

「それにしても偶然でしたねェ」

「ほんと。どういう悪魔のいたずらだか」

「井上さんが走ってなければ気がつきませんでしたよ」

「昼間は編集長が捕まらなくて、退社前のタイミングを狙いに来る予定でいたんですけど、前の用事が長引いてしまって。でも無理なんかしないで、先延ばしにすればよかったわ。よりにもよって守村さんに見つかるなんて」

「そう邪魔にしないでくださいよ。黙ってにらんでるだけにしますから」

こぢんまりしたビルの、排気ガスで汚れたドアを押して中に入ると、守衛と書いた札が留守番をしている机があった。時間外だからか誰もいなくて、人の出入りは自由らしい。

階段口の横のプレートによれば、編集室は三階だ。

エレベーターを待ってたあいだに、井上さんが胸ポケットに入れてるデジタル録音機のスイッチを入れた。

「守衛もいないなんて、ずいぶんラフですね」

狭いエレベーターの中で感想を言ったら、

「これがあるから」

と井上さんはドアの横の入居社表示を目で指した。

「日之出《ひので》興業？　この会社がなんです？」

「前身は暴力団です」

井上さんはほがらかに笑ってそれを言い、僕は口を閉じた。頭の上の監視カメラに気づいたからだ。来訪者は見張られてるってことか？　かもな。

「もっともいまはすっかり更生して、新聞社のオーナー企業ですよ」

「な、なるほど」

「りっぱなもんだと思いません？」

「そ、そうですね」

エレベーターが止まり、ドアを出たらもう編集室の中だった。ワンフロアが一部屋の造りで、物置状態になってるのもある机がずらりと並び、ぽつりぽつりと机に向かって残業をしている人たちがいる。

「こんにちは！　編集長さんはいらっしゃいますか！」

井上さんが景気よく声をかけ、机にいた記者たちがいっせいに顔を上げてこっちを見た。スーツ族に比べると、服装や身だしなみはむさいけど、べつだんやくざっぽい感じはしない。

「は～い、どちらさまですか～？」

駆け寄ってきたお茶汲《ちゃく》み要員って感じの女の子は、エレベーターの横の湯沸かし室から出てきたみたいだ。制服じゃない、ピンクのセーターの可愛らしさが目を惹《ひ》いた。

「T&Tカンパニーの井上と申します。御紙のでっち上げ記事へのクレームを申し上げに来ました。編集長にお取り次ぎください」

井上さんが張り上げた声は、部屋の奥まで届いただろう。

「クレームはかまわねェが、でっち上げってなァ何のことだい」

そうがらがら声を投げてきたのは、いちばん奥のデスクにいた色黒の年配男だった。大仏顔だけど慈悲より脂っこいしぶとさを思わせる造作だ。

「お邪魔しまーす」

井上さんは机のあいだの狭い通路をすたすたとそちらへ向かい、僕も急いでついて行った。

「桐ノ院圭が所属しておりますマネージメント会社『T&Tカンパニー』の井上元と申しま

す」

名刺を差し出してのあいさつに、男も立ち上がって名刺を交換した。

「編集長の塚田《つかだ》です。桐ノ院というと……ああ、ニューヨークで捕まった」

「御紙の記事には重大な誤りがあり、桐ノ院の立場に多大な悪影響を及ぼす可能性が懸念されます」

「誤り？　でっち上げだって、さっきは言ったぜ」

じろじろと井上さんの胸元を眺めながら、意地悪く人を食った調子で言った塚田に、井上さんはフフンという感じで言い返した。

「本音と建前の使い分けですわ」

負けてない。

「んで？　どこが問題だってんだ？　ええと、今朝のやつだったよな」

机の上に置いてあった新聞の山をガサガサ探して、見つけ出した日刊ＴＯＫＹＯをガサガサとひらいた。

「三面の真ん中あたりです」

「ああ、これだな」

「一点目は、桐ノ院の逮捕容疑を『買春』としていること。逮捕状にはそうした文言はありません。お確かめになりたければコピーを持参しています。

二点目は被害者について。『十六歳の美少年』としていますが、現地スタッフもまだ確認していない情報です。警察発表も行われていません。どういった情報源による記事なのか、担当者に説明を求めます」

塚田氏は見ていた紙面から顔を上げ、ふてぶてしい調子で言った。

「一点目はたしかにそのとおり書いてあるが、二点目は『らしい』としてある。記者の憶測だとわかるように書いてあるわけで、訴えるネタには使えねェよ」

「御紙に対する訴訟は、いまのところ考えておりませんわ」

つんとやり返して、井上さんは追及を開始した。

「二点とも、悪意による操作が感じられます。御紙がサムソンの桐ノ院つぶしに加担される理由はなんですか？　桐ノ院とサムソンのトラブルは、契約の更新に関して相互の意思が合致しなかっただけのことであり、桐ノ院は事前通告も含めた合法的な形で、契約を継続しない旨を表明しました。それに対して、ドル箱に逃げられるのが惜しいからといって、マスコミを使ったいやがらせを繰り返し、果ては腹いせの冤罪《えんざい》事件をでっち上げるなど、サムソンのやり方は卑劣で悪辣《あくらつ》です。そうした事情をどこまで知って、御紙はこうした加担記事を掲載されたんでしょうか？　また今後もこうした卑劣なバッシングを続けるおつもりでしょうか？

ご質問がありますなら、どうぞ」

「サムソンってのは？」

「ニューヨークに本社がある、世界最大手の芸能エージェント会社『サムソン・ミュージック・エージェンシー』のことです。クラシック音楽家を含めたミュージシャンや、ダンサー、マジシャンなど舞台芸能の興行企画やマネージメントを行っています」

「すまんね、俺はスポーツ専門でな」

いやみったらしい負け惜しみに、

「どういたしまして。聞くは一時の恥ですわ」

きぱっと返した井上さんは、あくまでも対等にやり合う気だ。

「桐ノ院圭ってのは、指揮者なんだな?」

「はい。二十世紀最後の天才指揮者として華々しくデビューし、二十一世紀のクラシック界を担う巨匠に成長するものと、世界中の音楽ファンが期待を寄せてきた人物です」

あ、その過去形はちょっと痛いです。

「その指揮者センセイが、きれいな男の子を買ってにゃんにゃんした、と」

「事実無根の濡《ぬ》れ衣《ぎぬ》です」

「だが逮捕されたんだろ?」

「現行犯ではなく、被害者を名乗る少年の訴えによる逮捕です」

「ああ、名乗る、ねェ。しかし、なんだって女の子じゃねェんだ?」

ドキッとなった。無邪気さを装っているけど、この男は感づいて突いてきてる。

「桐ノ院はゲイです。先方はそれを攻撃材料にしています」

井上さんは真っ向から行った。

「げっ、カマかよ」

という悪意に満ちた揶揄《やゆ》に、僕は思わず耳が熱くなったけど、井上さんは動じなかった。

「オカマとゲイは、同義ではありませんわ。ご説明が必要でしたら申し上げますが、ゲイとはホモ・セクシュアルを差す言葉で、日本語では同性愛。異性愛を言うヘテロ・セクシュアルの対語です。ただしゲイと言った場合は男性同性愛者を示すことが多く、女性に対してはレズビアンという言葉が使われることはご存じですわね？

日本では戦国時代から、武士たちによる同性愛が一種の美学として社会的認知を受け、現在に至っても、家庭より職場の男性社会を重んじて休日ゴルフなどにいそしむ日本人男性は、欧米人からはゲイ的な傾向がある人種と見られています」

立て板に水の解説を、塚田氏はからかい笑いを貼り付けた顔で聞いていたが、井上さんがしゃべり終わると言った。

「んじゃ、そっちのきれいな兄ちゃんもゲイってやつかい」

そう来るとは思わなかったいきなりの飛び火に、一瞬ぐっとなったけど、逃げてたまるかと切り返した。

「ええ、そうなりますね。桐ノ院圭と二世《にせ》を誓った間柄ですから」

「あんたがネコだろ」

とは、ぶしつけ過ぎる質問で無視して当然だったけど、むかっ腹が言い返させた。

「そういう詮索《せんさく》は不愉快です」

「ま、個人の自由じゃあるわなァ」

「認めていただけてうれしいです。お礼に、僕の最愛の男をご紹介しましょう」

なんでそんな気になったのか、僕は手帳を取り出して、ビニールカバーの中にはさんである写真を見せてやった。燕尾《えんび》服《ふく》姿の主がブロマイド風に収まってる、僕の大事な心の支えを。

「へェ……こりゃイイ男だ」

塚田はつぶやき、僕はおおいに気をよくした。

「SMEのサミュエル社長は、彼を人前で『黄色いテナガザル』と侮辱したそうですけどね。それだけでも契約を打ち切る理由になると、僕は思ってます」

「黄色いサルか……ジャップなんて蔑称《べっしょう》もあったな」

何かを思い出すようにつぶやいた塚田氏に、井上さんが言った。

「日本人への人種差別意識とゲイへの偏見、サミュエル・センレンバーグが桐ノ院への個人攻撃に利用している武器は、アメリカ社会では残念ながら通用するもので、裁判の陪審員の判断にも影響する可能性があります。まして容疑は、アメリカでは重罪と目される未成年者との淫行《いんこう》ですので、援助交際などといった売買春行為が見逃されている日本と違って、格段にきびしい目が向けられます」

「あんたがちゃんと搾ってやってなかったんじゃねェのか？」

言い返すのに一瞬詰まってしまったのは、まさかそんな下品なことを言い出すとは思わなかったからだ。

「圭は浮気なんかしませんっ!!」

怒鳴りつけた声がひっくり返らずに済んでありがたかった。

「ゲイっていうとすぐハッテン場通いだの何だのって、浮気性が染みついてるみたいな見方をされるみたいですけど、圭はそんな男じゃありません！　あの誠実さを知りもしないで、変な想像で圭を汚さないでください！」

塚田はしゃあしゃあとした顔でからかってきた。

「だが、知らぬは女房ばかりなり、っても言うぜ」

「女房が知ってる以上にモテてるに違いない亭主ですけど、ぜったい浮気はしてません。バイオリンを、いや、この両手を賭《か》けたっていいですよ！」

「あんたも音楽家サンかい」

せせら笑われて、カッと睨《にら》み返した。

「失礼、自己紹介が遅れましたね。バイオリニストの守村悠季です。名刺は今日は持ってきてないので悪しからず」

「守村……聞いたことねェな」

いちいちいやみなオヤジだ！

「スポーツ選手じゃありませんから」

とやり返した後ろから、男の声が言った。

「賞、獲《と》ってますよ。フランスの『ロン・ティボー』ってコンクールで最優秀賞、日本人で三人目。去年の秋です」

無精ひげに洗いざらしのトレーナーって格好の中年男だった。

「記事にしたっけ？」

塚田が尋ね、

「あんたがボツにしたっしょうよ」

と男。

「バレエで女の子が賞獲った記事は載せたっすけど」

「おう、写真つきでな。色気はねェけどぴちぴちの十七歳だ、うちの読者だって写真ぐらい見る」

首の後ろに両手を当てて伸びをしながらのコメントは、ここの新聞の性格を言い表してた。

「話を戻しますけど」

井上さんが言いかけたところへ、

「毎度〜！　弁当屋で〜す！」

という大声が飛び込んだ。

見ればプラスチックのトロ箱を抱えたお兄ちゃんが、エレベーターのほうからやって来る。

「おーし、晩めし、晩めし」

記者たちがガタガタと席を立ち、財布を手にしてお兄ちゃんの周りに集まった。

「あんちゃん、こっちカツ弁な！」

塚田がポケットから財布を出しながら怒鳴り、井上さんが僕に向かって肩をすくめた。弁当を買い込んだ人たちがさっそく蓋《ふた》をあけたようで、食べ物の匂いが漂い始めている。

「出直しますか？」

「そうね。話どころじゃなさそうね」

塚田のところへお兄ちゃんがトンカツ弁当を配達に来て、千円札とつり銭のやり取り。やるだろうなと思ったら案の定、塚田はさっそくプラスチック・ケースの蓋をあけ、箸袋《はしぶくろ》を破いて食事に取りかかった。

「ずいぶん失礼な態度ですけど、二点お願いして今日は引き上げます」

「おう、なんだい」

「問題の記事は、ニューヨークの『ザ・デイリー・スター』というゴシップ新聞が出どころだと思います。ツーカーの仲の記者さんがおられるはずですので、あちらからいくらおもらいになったか、調べておいていただけます？」

「はあ？」

塚田が脅しっぽく目を剝《む》いてみせたのは無視して、井上さんは続けた。

「オーナーでいらっしゃる原田《はらだ》泰次郎《たいじろう》さんが、ラスベガスでいくら借金をお作りになっているのか、お金の貸主が誰かもわかれば助かります」

「おいおい、姉ちゃん」

すごみかけた塚田に、井上さんはにっこり笑って言い継いだ。

「私どもは、そういった事情でオタク様が、サムソンの桐ノ院バッシングに手を貸させられているのだろうと疑っておりますの。良心もお金で売り買いできる業界だなんて、思いたくはないんですけれどね」

それから、

「明日また伺います」

とお辞儀して、すらっと回れ右した。

「日曜だ、俺は休み」

という返事に振り返り、

「では月曜に伺います」

言って、すたすたとエレベーターに向かった。

僕も続いた。塚田に会釈もしなかったのは確信犯だ。

「ゲイの音楽家カップル、編集部に抗議の殴り込み、って記事は面白そうだなァ」

塚田のわざとらしい大声に振り向いた。

くっそォ、震えるな、僕！

「誰も読まないような『お詫《わ》び』の訂正記事よりはマシでしょうね。書きたきゃ書いてください」

「よっしゃ、本人の許可は取ったぞ、実名記事だ」

僕は塚田に向き直り、からかい笑いを浮かべた悪人面の目に目を合わせて言ってやった。

「けっこうです。ただし、抗議の内容まできちんと書いていただきたいですね。こっちは今後の演奏家人生を賭けてるんだ。

なんていうと弱みをつかんだとか思われそうですけど、おあいにく。圭との出会いがなければ、『バイオリニストになりたい』って夢を親指しゃぶって見てただけの僕だ。もう圭と心中する覚悟は決めてます。

守村悠季、二十八歳。ほかに質問があれば電話してください。僕は逃げも隠れもしない」

「あ〜あ、コーラだ」

塚田がぽんと手を打つような調子で言い、僕に向かって食いかけの箸を振った。

「だろ？　彼氏と一緒に出てたよな。イケメン・オーケストラとかってホモくさい連中と」

「おたくの記事が宣伝になって、リサイタルのお客が増えるかもしれませんね。期待しときますよ」

この調子だと、たぶん記事にされるんだろう。いいさ、クソッ、勝手にしやがれだ。

げっそりしながらうなずいた。

「ああ、そうですか」

「ネーム・バリューがあるってのは、いいことだって話さ。読者の食いつきが違う」

「それが何か？」

毒を食らえば皿までのやけくそで言ってやったけど、カエルの面になんとやらだった。

日之出《ひので》ビルを出たところで、井上さんが何か言いたそうに見やってきた。でも何も言わないまま目を逸《そ》らしてしまったんで、僕から言った。

「ついて来るって言い張ったのも、喧嘩を買ったのも、僕の自己責任です。井上さんのせいじゃありませんから。気にしないでください」

「……でも」

「書かれちゃったら、ちゃったです。僕はもう腹をくくりました。圭が帰ってきたら、成田のゲート前でキスしてみせてやりますよ。テレビがいようと思いっきり熱々にね」

「ほんと宅ちゃんが言ってたとおりだわ」

井上さんは深々とため息をついた。

「開き直りが激しいやつだって？　まあ、そうかな」

「純情一途なぶん見かけによらず猪突猛進《ちょとつもうしん》する人だから、気をつけろって言われてたんですけどねェ」

「イノシシ年なんですよ。辛亥《かのとい》って年の生まれで。辛は十干のうちの『金』の『弟』って意味だそうですから、金属製のイノシシ？　あっは、いかにも人の言うこと聞かないで突っ走りそう」

「ボスが知ったら、心配のあまり脱獄するかも」

「う～ん、じゃ黙っといてください」

「記事が出てしまったら、守村さんもバッシングされかねませんよ」

「ゲイ・バッシングでしょ。言われときますよ。大学はクビで、ソリストに呼ばれることもなくなるかもしれないけど、そのときはそのときで……辻《つじ》バイオリニストにでもなるかな。道端で地道に小銭を稼ぐ」

「もったいない」

叱るように言われて、くうっと目の奥が熱くなった。あっは、よせよ、涙ぐんだりするな、みっともない。

「晩ごはん、食べそこなったな」

「頭に来たぶん、贅沢《ぜいたく》しましょう。クラブなら出前が取れると思います」

「特上寿司《ずし》？　大仏オヤジに請求しなきゃ」

「大仏さんが気を悪くしますよ」

「じゃァ黒大仏？　ブラックなやつでしたよねェ」

「海千山千のインテリ極道」

「あ、それ『海に千年、山に千年』って意味でしょ？　長生きしてて経験豊かってことだろうと思うのに、どうして悪い意味に使われるんでしょうね」

「さあ……」

首をかしげた井上さんが、こっちですと曲がり角に向かって手を振った。

「タクシーを拾いましょう。遅刻しそうです」


銀座五丁目の『花園』は、ナイトクラブと冠したいかにも高級店っぽい看板を出していた。四丁目交差点のライオン像の前という待ち合わせ場所で、蓮田弁護士と落ち合ったんだけど、井上さんはコートの下はカクテルドレスに着替えていたし、男にはドレスコードがないと言ってた蓮田さんも朝とは違う瀟洒《しょうしゃ》なスーツ姿。一人だけ普段用の外出着で来た僕は、ひどく野暮ったいハメになったうえに、着いてみれば店もまたドアからしてハイソふうだ。二重にメゲた気分で二人に続いた。

ドアの向こうは予想外に広い空間で、フロアの奥のステージで生ピアノの演奏中だった。曲はバーンスタインのミュージカル・ナンバー《トゥナイト》。手馴《てな》れた安定感はあるけど、どうせBGMだと倦《う》んでいるような演奏だ。ステージの手前はダンスフロアになっていて、中年のカップルが一組、チークダンスを踊っている。

ダンスフロアを囲むように個室風にしつらえられたボックス席が並んでいる。オペラ座の客席のような赤と金を多用した豪華で重厚なインテリアが、見慣れた感じで逆に落ち着かせてくれたのは、留学の成果のうちかもしれない。適度なほの暗さが場違いな服装を目立たなくさせてくれる気がする。

「いらっしゃいませ」

物静かに僕らを迎えた黒服に蓮田さんが何か告げ、バニーガールに案内されて奥まった場所のボックス席に入った。

「お待たせしまして失礼しました」

蓮田さんがそう会釈を送った相手は、左右にホステスをはべらせた先客。一瞬、時田《ときた》さんかと思った。お借りしているグァルネリの所有者だ。

「やあやあ、こっちが早かったんです。まあまあ」

座れと手を振った人は、体つきやタイプは時田さんに似ていたが、耳のあたりに禿《は》げ残った髪は真っ白だった。かなりの年配のようだ。

宅島くんが『じいや』と呼んでいたのを思い出した。

ホステスたちは慣れたようすで黙って席を立っていき、蓮田さん、井上さん、僕の順にテーブルを囲む格好で腰を下ろした。

「お初にお目にかかります、大文字です」

「蓮田です」

「井上です」

名刺の交換が済むのを待って、

「守村です」

と頭を下げた。

「お会いするのは初めてですが、週刊誌の記事の件でお世話になりました。その節はありがとうございました」

「隼人坊の『親方』ですな」

と言われて頭をかいた。

「ただのあだ名です」

「わしは『じいや』と呼ばれとりますわい」

好々爺《こうこうや》然とした大文字さんのお歳は八十過ぎと見たけど、どうだろう。

「酒でよろしいかな？」

手を挙げてスタッフを呼びながら、大文字さんはそう小首を傾げてみせた。バニーガールがやって来て、おしぼりとメニューを配り、それぞれの注文を受けて戻っていった。大文字さんはビール、井上さんと蓮田さんはスコッチの水割り。僕は紅茶にさせてもらった。疲れてて、アルコールを入れたら眠くなってしまいそうだったんで。

「タバコはかまいませんかな」

「ええ、どうぞ。私も吸いますので」

井上さんがホッとしたように、ハンドバッグからおしゃれなタバコ・ケースを取り出した。

「あなたのことは『元さん』とお呼びしたいが、よろしいかな？」

さっそく吸いつけた煙をくゆらせながら、大文字さんが言った。

「そちらは『竜樹くん』、あなたは『親方』、わしは『じいや』で」

「けっこうです。T氏のことは『ボス』と」

井上さんが呑《の》み込み顔で返した。ニックネーム呼びってことか？　いや、コードネーム？

注文品と乾き物のおつまみを運んできたバニーガールが立ち去るのを待って、じいやさんは話の口火を切った。

「新橋には行かれましたか」

「はい。私と親方とで行ってきました」

「気のいい編集長だったでしょう」

はあ!?　と思った僕の横から、井上さんが笑って答えた。

「歯に衣着《きぬ》せない毒舌家でしたが、おなかの中はどうなんでしょう」

「あいつは正直者だ。いまだに学生運動の尻尾《しっぽ》をぶる下げとる青臭い男でねェ。それで、どんな話になったのかな？」

「ご説明するより、聴いていただいたほうがいいかと思います」

井上さんはハンドバッグからデジタル録音機を取り出し、イヤホンをセットしてじいやさんに差し出した。うっわァ、あのやり取りを聞かれちゃうのか？　ううっ、気恥ずかしい。

「この手の機械は便利だねェ。００７のスパイ道具がヨド◯シカメラで買える時代だ」

言いながらじいやさんは慣れた手つきでイヤホンを耳につけ、再生スイッチを押した。たしか三十分ぐらいの会話だ。

「竜樹くんにも聞いてもらっておきます」

井上さんが僕に言い、僕は耳が熱くなるのを感じた。

「ああいう喧嘩《けんか》を売らせちゃったのは私の責任なんだけど、向こうの出方が心配よ。ボスに知れたらクビになりそう」

「僕の自己責任です」

と割り込んだ。

「いの、じゃない元さんのせいじゃありません」

「俺は売り言葉に買い言葉の脅しだと思うね」

蓮田さんがそう口をひらいた。

「ゲイ・バッシングはエイズ騒ぎのころも、そう表立った動きにはならなかった。ボスの件が社会問題視されるようなムーブメントにならないかぎり、スポーツ紙が取り上げるメリットはないだろう」

「そうかしら。ポルノ小説も載せてるような下品な新聞よ？」

「下世話な話題で部数を稼いでいるのはそのとおりだが、購読者の大部分は男だ。レズの話題は喜んでも、ホモには嫌悪感を持つ」

言ってから蓮田さんは、僕に「失礼」と会釈してきたんで、気にしないでくださいと会釈を返した。事実をすぱすぱ言ってるだけだし、彼のしゃべり方はいい意味で事務的なんで、打たれ弱い僕の耳にも障らない。

「でも、嘲笑《ちょうしょう》的にあげつらう書き方ならどう？　マイノリティの人権を尊重するような意識があるかしら？」

「そう言われると痛いが。その手の人権裁判は、日本ではまだ真剣には取り組まれていない」

「あなたが先鞭《せんべん》をつけるのはどう？」

「二丁目でモテるな」

「でも、そういう騒ぎにはしたくないのよね。親方は極力巻き込まないっていうのが、私たちの最優先課題だったのに」

笑い声を上げたのは、じいやさんだった。耳に嵌《は》めたイヤホンを指で押さえながら、僕に向かってウンウンとうなずいた。ええと、あのやり取りの何がウケたんでしょうか。

「ハッハッハ！」

「いやいや、二人ともなかなかの啖呵《たんか》だ」

聞き終えたらしいイヤホンをはずして、じいやさんが可笑《おか》しそうに言った。

「やつには聞き捨てならないだろうキイワードが、うまく織り込めている。案外、ひょうたんから駒が出るかもしれんよ」

「それだとありがたいんですけど」

井上さんがつぶやくようにコメントした。

「あとは、どこに行ったんだね？」

「経産新聞です。法制部の顧問弁護士と話しました。これ以上の意図的な中傷情報の流出を阻止する狙いで抗議を申し入れまして、結果は『暖簾《のれん》に腕押し』という感じです。報道部の責任者まで話は通してもらえたと思いますが」

「勇敢過ぎて困ったもんだ」

にこにこしながら、じいやさんは井上さんを叱った。

「やり方がいけませんでしたか？」

「馬鹿正直ってのは、どうぞお斬りなさいと首を差し出すのと一緒だよ」

井上さんはきゅっと唇を噛《か》み、じいやさんが言った。

「しかし下手な腹芸よりはマシだ。生兵法は高くつくからねェ」

それからやおら座り直して、僕たちを見まわした。

「隼人坊から頼まれたことだから、できるだけの手助けはするが、字引も繰られなけりゃ役には立たない。せいぜい、この爺《じじ》ィを使いこなすことだ。

それとな、親方ってのは長火鉢の前にどっしり尻《しり》を据えてるもんだ。あんたの軽挙妄動は周りを振りまわしちまう。火消しが火付けにまわっちゃァしょうがない。俗世間の相手は二人に任せて、あんたは自分の道に精進することだよ」

「……はあ」

忠告に従いたいのはやまやまだけど、自分で火種を撒《ま》いてきてしまった。煮え切らない返事になった僕に、じいやさんは言った。

「わしは心中というのは好かないよ。戦中戦後を見てきた人間から言わせれば、死ぬ気で生きればどうにでもなるもんを、二人で死ねば怖くない、なんてただの甘ったれだよ。だからあんたの覚悟も、きれいだとも潔いとも思わないよ」

いや、僕はそんなつもりじゃ！

「恩があるなら、くれた相手が喜んでくれるように恩返しするもんだ。演奏家として名を挙げるなり、弟子を育てるなり、日の当たる場所でちゃんと花を咲かせてみせることだ。それが連れ合いさんの望みだろう？」

「はい……」

「たとえば連れ合いさんが音楽家生命を絶たれたとしたら、あんたが、連れ合いさんの分まで輝いてやらにゃあ。あんたが心中する相手はバイオリンだよ。連れ合いさんのおかげで踏み込めたっていう、演奏家としての芸の道だよ。そうじゃァないかね？」

「……はい。…………はい」

「わかったら、あんたはお帰り。妖怪《ようかい》どもの相手は、この猪八戒《ちょはっかい》と沙悟浄《さごじょう》の役だ」

「あら、私が猪八戒ですか？」

井上さんがいやそうに顔をしかめてみせたけど、誰も冗談に乗らなかったので気まずそうに話を変えた。

「ええ、明日はリサイタルをおやりになるんですから、帰って休まれたほうがいいです」

「おや、どちらで」

じいやさんが興味を示し、井上さんがこっちを見たんで僕が説明した。

「内輪の会なんです。僕がイタリアに留学したときにスポンサーになってくださった方たちをお招きして、お礼のリサイタルをやるんです」

「ほうほう、そういうことに励んだほうがよっぽどいいよ」

「ずっと文通されてるんですよね」

井上さんが口をはさんだ。

「文通っていうか、一方的に近況報告を送ってただけです。『あしながおじさん』たちは匿名でしてくださっていて、僕はいまだに皆さんのお名前も知らないんですよ」

「何人おるんだね？」

「十二人です。毎月一人一万円の仕送りをくださるという形で、ご支援いただきました」

「誰か世話をした者がおるんだな？」

「都留島さんという方です。フリーの音楽記者さんで、七十代かな。報告ハガキはまとめて都留島さんに送って、皆さんに配っていただいていました」

「じゃァ、明日ご対面というわけだ」

「ええ。やっとお礼が言えます」

「百万語の美辞麗句より、いい演奏を聴かせることこそが恩返しだ。さっさと帰りなさい」

しっしっと追い払う手つきをされて、苦笑しながら腰を上げた。

「それじゃ妖怪退治のほう、よろしくお願いします」

と最敬礼に頭を下げた。

「おっちょこちょいの孫悟空も奮闘しとる。笹舟《ささぶね》でも、まあ舟は舟だ」

「なんか、ちっとも安心できませんけど？」

ついやり返しちゃったら、じいやさんはニヤリと笑った……けど。その腹黒そうな笑い方といったら！

この人も妖怪のうちなんだと思い、サムソンの総帥ミランダ・セレンバーグの『妖婆』っていうあだ名を思い出して、妖怪大戦争だなと思った。

でも事態は、大船ならぬ「笹舟」ってぐらい深刻なんだ。笑ってる場合じゃない。

「精進だよ、あんたは精進、精進」

というじいやさんの見送りの言葉は、ざわつく心の表面をすべり落ち、僕は底の見えない心細さを味わいながら店を出た。

じいやさんの忠告は、正しい。僕もそうしたい。でも、日刊TOKYOでやらかした大失敗のツケは、自分で払うことになるはずだ。

それがどんな形で降りかかってくるのか、悪い想像は考え始めれば止め処《ど》もなく、

(考えたってしょうがない。そのときはそのときだ)

と腹をくくったふりをすることで、想像が作った底なし沼に打ちのめされそうな恐怖感をごまかした。

こんな真っ暗な気分じゃ、今夜はもう練習にならないだろう。吉柳さんに言われたように、寝ちゃうほうがマシかもしれない。一晩よく寝て、気持ちを立て直すんだ。でも……とてもじゃないけど寝つけそうにないよなァ。この時間じゃ薬局なんて開いてないし、どうする？

ほかには思いつかずに、駅前のコンビニエンス・ストアで酒を買った。ブランデーを一本。

強い酒をマグカップ半分ばかり呷《あお》ってベッドに入った。すぐに酔いがまわって、朝まで夢も見ずに眠れた。

半分やけくそでの寝酒だったが、翌朝は思いのほかすっきりと起きられて、気分も（開き直りの境地って感じではあったけど）まあまあ落ち着いていた。吉柳さんの言うとおり、睡眠は精神的なダメージにも効くんだ。

練習を始めてみれば、演奏のほうも調子を取り戻していて、僕はすっかり気をよくした。昼前までせっせと弾いて、吉柳さんの家に移動し、仕上げのブラッシュアップを心ゆくまで念入りにやって、タクシーで迎えに来た井上さんと三人で『音壺』に向かった。

クラシック・パブ『音壺』は、音楽ファンも集まるけど、オーケストラの楽員といった音楽家たちが常連になっている店でもある。

カウンターの横に据えてあるアップライトのピアノの脇板に、『リクエスト一曲千円』と書いた紙が張ってあるのは、いまはニューヨークで活躍中の野獣派ピアニスト生島高嶺が、食費稼ぎのアルバイトにこのピアノを弾いていたときの記念品だ。

あしながおじさんたちへの謝恩リサイタルは、『音壺』を貸切にしてやるという話だったんだけど、時間だと呼ばれて控え室を出て行ったら、六〇席ほどのテーブルは満員になっていた。

「都留島さん、これって」

「めいめいが招待客をつれて来てくれたんだよ。うれしいじゃないかね」

「ええ、びっくりです」

仕掛け人の都留島さんが司会に立っての謝恩会は、リサイタルを聴いてもらったあと、食事をしながら皆さんと交流するという流れで、都留島さんによる僕の紹介から始まった。

「エミリオ・ロスマッティの内弟子として手厚い薫陶を受け、ご紹介したような実績を着々と積み上げたイタリア留学の成果が、このたびのロン・ティボー優勝であるとご報告申し上げるのは、守村くんのパトローノ、パトロネッサをお引き受けくださった皆さんの、ご支援の取りまとめ役を務めた身として、まことに誇らしいことであります。

それでは、改めてご紹介します。守村悠季くんです！」

温かな拍手に迎えられて、進み出た。どなたが『あしながおじさん』なのかわからないまま、感謝を込めて深く頭を下げた。

都留島さんがマイクを渡そうとしてきたので、弓を左手に移して受け取った。

「はじめまして、守村悠季です。留学中たいへんお世話になりました『あしながおじさん』の皆様、やっと今日、お会いすることができました、と申し上げたいのですが……お客様が大勢いらっしゃって、どなたが『あしながおじさん』なのか」

笑い声が湧き、僕のすぐ前のテーブルにいたおじいさんがサッと手を挙げた。

「あ、どうもありがとうございます。留学中はたいへんお世話になりました」

「マメに絵葉書やら送ってもらって楽しかったよ！　これからも応援するからな！」

「ありがとうございます。よろしくお願いいたします」

お辞儀を送った僕の横で、都留島さんが大声を張り上げた。

「ほかの皆さんも、守村くんに顔を見せてやっていただきましょうかね！　パトローノ、パトロネッサの皆さん、どうぞその場でお立ちください！　さあさあ、立って立って！」

奥ゆかしい皆さんは、ためらいがちに、あるいは気恥ずかしそうに立ち上がってくださって、僕はお一人お一人に「ありがとうございます」とお辞儀を送ったが、その中に一人、見覚えのある女性がいた。

「あの、昨日寄らせていただいた画廊の」

そうですと笑みと会釈で応えてくれた奇遇の主は、画廊『はなだ』の店主・木村睦子《きむらむつこ》さんで、このあと僕の後援会長になってくださり、ますますお世話になることになった。

「どうもありがとうございました。こうやって皆さんにお会いできて、お礼を申し上げることもできて、ほんとうにうれしいです。

でもほんとうのお礼は、音楽として聴いていただくべきだと思います。ご支援をいただきましたイタリア留学で学んだ成果が、皆さんのご期待に足りますかどうかわかりませんが、感謝の思いを込めて精いっぱいに弾かせていただきます。どうぞ聴いてください」

拍手をもらって、調弦のために一歩下がった。伴奏についてくれる吉柳さんに音をもらって四弦のピッチを調え、息を整えて、改めてお客さんと向かい合った。

一期一会のこの大切な時間を与えていただいたことに、心から感謝します。どうか、僕がこれまでに培ってきたすべてを、残らず差し出せますように。

一曲目はヴィターリの《シャコンヌ》です。聴いてください……

プログラムは都留島さんと相談して作ったもので、第一部はヴィターリの《シャコンヌ》、ラヴェルの《ツィガーヌ》、そしてバッハの《シャコンヌ》、休憩をはさんだ第二部はピアノ伴奏によるブラームスの《バイオリン協奏曲》全曲という、本格的なリサイタル・メニューだ。

『音壺』の客席は、居酒屋用のクッションなしの木の椅子なんで、お客さんたちはさぞ座り疲れたと思うのに、アンコールまでいただいた。

大学での報告リサイタルで奏《や》った《チャールダーシュ》でお応えしたが、あとで都留島さんから「バッハが聴きたかった」とクレームが来た。

すみません、あのプログラムのアンコールでバッハってのは、ちょっときついです。

どの曲も熱心な拍手をもらえて、どうやらご支援のお返しは満足いただけたようだ。

食事会は、テーブルを寄せて十四人分の席を作ったメインテーブルに支援者の人たちが集まり、都留島さんがホストを務めて、僕もお相伴した。

その席で、『守村悠季後援会』の結成が決まり、画廊『はなだ』の木村さんが会長を引き受けてくださったんだけど……

「なあ、守村くんよ！　めでたい席でなんなんだが、桐ノ院は、ありゃァ何をやっとるんだね！」

宴もたけなわを過ぎて終盤にさしかかり、皆さんそれぞれにメーターが上がっていたころ。かなりロレツが怪しくなってる都留島さんが、突然そんなことを言ってきた。それも長テーブルの端と端にいる僕まで聞こえるように、ほとんど怒鳴り声でだ。

僕は、しくじれない重要なイベントを無事に済ませられた安堵感《あんどかん》で、ついついかなり飲んでしまっていた。

「何って、圭は何もしてませんよ。あれは濡《ぬ》れ衣《ぎぬ》です！　サムソンの陰謀ですよ！　去年のゴシップ攻撃の核ミサイル版だ、都留島さんならわかるでしょう!?」

都留島さんまで届くように大声で言い返してから、テーブルがしんとなってるのに気がついた。

みんなが僕を見てる。

そして僕は……たぶんかなり酔っ払ってしまってたんだ。

「皆さんも疑うんですか？　桐ノ院圭がニューヨークで援交やって捕まったなんて、あんなあくどいでっち上げを信じちゃってるんですか!?　冗談じゃありませんよ！」

「守村さん、守村さんっ、落ち着きましょう。誰もそんなことは言ってないですから、落ち着いてっ」

隣のテーブルから越境してきた吉柳さんが、ひそひそ言いながら僕の肩を両手で押さえた。

僕はカッとなってその手を振り払い、バッと立ち上がって怒鳴った。

「桐ノ院圭は無実です！　パートナーの僕が言うんですから絶対です！　どうか信じて、彼にタクトを返してやってください！　桐ノ院圭は、無実ですっ!!」

わめき放った息を音荒く吸い戻した耳に、店中が静まり返っての静寂が沁《し》み、コンコンコンコンと響いたのは、ここの主人のマイスターが叩《たた》く『静粛に！』の槌《つち》の音。

「伴奏のきみ、守村くんは飲み過ぎだ。退場させてやりなさい」

「待ってください、まだ言わせてください！」

「守村さんっ！　落ち着きなさいってっ」

「は、放してください、吉柳さん！」

「だめですよ！　そんな摑《つか》み方したら指を痛めるっ！」

「ああ、もうっ。ごめんなさいよっ」

言った声を、隣に座ってる木村さんだと聞き分けた次の瞬間、パンッという音とショックが顔の左側で炸裂《さくれつ》し、

「お座んなさいっ!!」

と怒鳴りつけられて、かくっと膝《ひざ》が崩れた。

「出たよ、睦子姐《ねえ》さんの平手打ち」

ぼそっと聞こえた誰かの声に、

「ツーさんのせいじゃないのさ！」

と仁王立ちで怒鳴り返した木村さんを、痛熱くじんじんし始めたほっぺたに手を当てながら見上げた。

「つまんないこと言い出すから可哀想に悠季ちゃん、しょっぱなから大当たりじゃないのよ！」

ワッハッハ！　と笑ったのは、最初に手を挙げてくれた、ええと……

「ええぞ、ええぞォ！　銀座の名物ママから『大当たり』の太鼓判だ。守村くん、あんたァ縁起がいいよォ！」

「はいはい、そうよ。でも痛かったよねェ、ごめんね～ェ」

しなだれかかるってぐあいに頭を抱かれて頬をなでられて、どうしたらいいかわからなくて硬直した。

「ちょいとマスター、おしぼりくださいな！　氷入れてね」

今日も和服姿の木村さんは、匂い袋のいい香りがする。

「もう落ち着いた？　うんうん、だいじょうぶよ。ここにいる人たちはみ～んな、悠季ちゃんの味方だからねェ」

ぽろっと涙がこぼれた。

何と言えばいいのかわからないまま、僕は木村さんの帯の堅さに頭を預けた。母さんと重ねてたんだなと、あとで思った。

井上さんが「お待たせしました」と渡した濡れおしぼりを、木村さんが僕の頬に当てがってくれた。冷たくて気持ちよかった。

あとがき

こんにちは、秋月です。

本編前巻の『冬の旅』を衝撃の事件勃発《ぼっぱつ》で終わって以来、皆様《みなさま》には（続きはまだか！）といらいらお待ちいただいたことと思います。

しかも例年は七月刊行がつねだったものが一ヶ月遅《おく》れとなり、さらに上下巻に分冊することになりまして、皆様のご不満はいかばかりか……

とか言っといて、さらにフラストレーションをあおるような上巻に（あわわっ、あとがきから先に読む方もいらっしゃるんだわよ！）なってるかどうかは、読んでみてのお楽しみということで、話を変えます。

このたびの『富士見二丁目交響楽団　上・下』をもちまして、長らくご愛読いただいてまいりました本シリーズに、完結の終止符《しゅうしふ》を打つこととなりました。

巻数にして四十六巻、年数にして二十年間書き続けてきた大長編作品となり、もう書きたいことも書き尽《つ》くしたなァということで、ピリオドを打つ決心をしたのですが、いざ書き終えてみたら、（え、ちょっと待って）って気分になったりして。

未練が～！

可愛《かわい》い可愛い、悠季と圭のお二人さん、ならびにご近所さんより親しくなったフジミ世界の住人たちとの、長年のつき合いを終わらせると判断したのは、作家の本能にもよくよく尋ねてみての解答で、間違《まちが》ってなどいなかったはずなのに……どわあ～っ、いままさにむくむくと未練が～！

完結編の刊行予定は動きませんが、下手すると『続・富士見二丁目交響楽団』なんちゃって、ちゃっかり復縁《ふくえん》したりしちゃったりとか……は、たぶんないとは思いますけど、う～ん、わからないなァ……自分の気持ちの行方《ゆくえ》というのは、未来と同様まったく読めない不可知です。

しかし書き足りない感が残っているのは確かなので、いずれ外伝という形でフォローさせていただこうかと画策中です。

絶対絶対、後味すっきりスッカーっという感じのハッピーエンドで終わらせると、書き始めた当初からそれだけは決めてあったフジミ・シリーズ。どうか、あとちょっとだけおつき合いいただきますよう、お願い申し上げます。

秋月　こお

KADOKAWA RUBY BUNKO

富士見二丁目交響楽団《ふじみにちようめこうきようがくだん》　上

富士見二丁目交響楽団シリーズ第7部

秋月《あきづき》こお

角川ルビー文庫　R23-58　17520

平成24年8月1日　初版発行

発行者——井上伸一郎

発行所——株式会社角川書店

東京都千代田区富士見2-13-3

電話/編集(03)3238-8697

〒102-8078

発売元——株式会社角川グループパブリッシング

東京都千代田区富士見2-13-3

電話/営業(03)3238-8521

〒102-8177

http://www.kadokawa.co.jp

印刷所——旭印刷　製本所——BBC

装幀者——鈴木洋介

ISBN978-4-04-100455-5　C0193　定価はカバーに明記してあります。

イラスト／後藤 星
青年音楽家、圭と悠季が奏でる切ない愛と葛藤の物語。
響楽団シリーズ
イラスト／第1〜3部 西 炯子　第4部〜 後藤 星

富士見二丁目交響楽団

シリーズの本

角川書店

単行本　富士見二丁目交響楽団シリーズ

クラシカル・ロンド

秋月こお
イラスト／後藤 星
四六判

圭はどのような経緯でフジミに入団したのか？　圭の視点で二人の出会いを描く『天国の門』のほか、?歳の圭と悠季が登場する『こよなき日々』など、驚きのドリーム外伝小説3編を収録した、フジミ初の書き下ろし単行本。

KADOKAWA RUBY BUNKO

角川ルビー文庫

いつも「ルビー文庫」を
ご愛読いただきありがとうございます。
今回の作品はいかがでしたか?
ぜひ、ご感想をお寄せください。

〈ファンレターのあて先〉

〒102-8078 東京都千代田区富士見 1-8-19
角川書店 ルビー文庫編集部気付
「秋月こお先生」係